甘くてキケンな主従関係

A k i & S h i n o b u

三季貴夜

Takaya Miki

Eternity

EB

エタニティ文庫

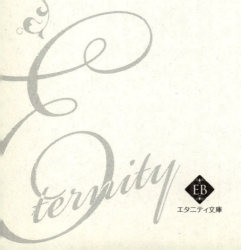

目次

甘くてキケンな主従関係

1

想像通り……なんて素敵な洋館。
蔦《つた》の絡《から》まる門の前でその建物を見上げ、明《あき》はうっとりとため息をついた。
柵状《さくじょう》の門扉《もんぴ》の隙間からは、正面の玄関まで続く白い敷石のアプローチが見える。
その上にかかるのは薔薇《ばら》のアーチ。玄関ポーチの上にはフランス窓のあるバルコニー。
白い板張りの壁にも、ところどころ蔦が絡《から》まっていて、屋根には風見鶏《かざみどり》まである。
本当に絵に描いたような〝お屋敷〟に、明は胸を高鳴らせた。
私、今日からここで働くんだわ。
それも住み込みのハウスキーパー。
このお屋敷だと、メイドっていう感じかな。
ご主人様もきっと、このお屋敷に相応《ふさわ》しい優雅な貴婦人よね。
明は旅行かばんから家政婦紹介所に渡された契約書を出して、視線を落とした。
雇い主の名は真城忍《ましろしのぶ》。職業、小説家。

若い女性に絶大な人気を誇る作家で、明も名前だけは耳にしたことがある。明は大の読書好きだ。しかし残念ながら、雇い主である真城の小説は読んだことがない。というのも真城の作品は主に恋愛小説だから。

明の好みは時代小説や歴史小説、あるいはファンタジーやSFで、恋愛小説は守備範囲ではなかったのだ。恋愛物でも、コメディだったり、中世ヨーロッパなどが舞台の歴史物っぽい話だったりすれば読むのだが……。

さすがに雇い主の本を読んでいないのはまずいと思い、先日一作だけ読んでみた。それはものすごく切ない悲恋物《ひれんもの》で、読み終わった後はついつい泣いてしまったのだ。続いて他の作品も読んでみようとしたのだが、あらすじからして、すべて切ない系の話ばかりで、明は読むのを断念した。

悲しくなる本は好きじゃない。

中盤は悲しかったり切なかったりしても、最後は絶対ハッピーエンドじゃないと、どうしても受け付けないのだ。

でも……。

明はポニーテールを揺らして、再び真城の屋敷を見上げた。

こんなお屋敷に住んでいて、あんな切ない話を書く女性ってどんな感じの人かしら？

きっといつも白いワンピースを着ていて……。

コーヒーより紅茶が好きで……はかない雰囲気で……

『ありがとう明さん、あなたの入れてくださるお茶はいつもいい香りだわ』

『ありがとうございます、ご主人様』

『ご主人様はやめて。忍って呼んでくださらない？』


……って感じの、上品で素敵な女性に違いないわ。

勝手にあれこれ想像——というか妄想をして、明はついにやにやとしてしまう。

「おい。そこの不審者」

ふいにそんな声がかけられ、明の妄想は破られた。

「え、あっ。はい」

慌《あわ》てて振り返って、声の方に目を向ける。

声の主は門扉《もんぴ》のすぐ向こうにいた。

それもこんなお屋敷の門の中にいるのに相応《ふさわ》しい美青年だ。

髪も肌も目も色素が薄く、物語の中の王子様のように陽の光を受けて輝いている。

「そこで何をやっているんだ？　呼び鈴《りん》を押すでもなく、ため息をついたり、にやけたり。不審者以外の何者でもない」

「す、すみません。私、不審者じゃありません」

頭を下げながら、誰だろうとぼんやり考える。

まさか執事？

こういうお屋敷だし、執事がいてもおかしくはない。

でも執事っぽい服装じゃないし……

見れば相手は、膝の抜けたジーンズに、洗いざらしで皺《しわ》だらけのTシャツ姿。

見た目が王子様風なだけに、なんとなくちぐはぐだ。

「じゃあなんだ？」

青年は顎《あご》を心持ち上向かせ、威圧的な雰囲気で明を眺めた。

「ファンにも見えないし、家出か？　ここはホテルじゃないぞ」

そう言って、明の足元に置かれた大きな旅行かばんを門扉越しに軽くつま先で蹴ってきた。

やだ……。なんか感じ悪い……

せっかくの王子様風の美貌もこれじゃあ台無しだわね。

それにファンって何？

心の中ではあれこれ思いながらも、明は微笑んで挨拶《あいさつ》する。

「こんにちは。私、小沢《おざわ》家政婦紹介所から来ました……」

「え？　……ああ、とりあえず入って……」

明がすべて言い終わる前に、男は両開きの門扉《もんぴ》の脇にある通用口の扉を開けた。

男への不信感を募らせつつ、明は扉をくぐる。

門の中には外観と同じく素晴らしい光景が広がり……とは行かなかった。

外から見た時はとても素敵だったのに、こうして近くで見るとせっかくの白い敷石はなんだか薄汚れていてグレーっぽいし、今が盛《さか》りのはずの薔薇《ばら》のアーチもまったく整えられていない。

アプローチの左右に広がっている庭も芝生《しばふ》が伸び放題だ。

なんだか荒れている。どうして？　もったいない。

その印象は、玄関に入ってからも続いた。こっちは荒れているというよりは、掃除が行き届いていない感じだ。

さらに通された玄関ホール脇の応接室も、一応は片付いているけれど、やはりどことなく薄汚れている。

なんでこんなに？

そう思うのと同時に、だから私が雇われたのかと明は納得する。

この屋敷や庭を、絶対私の力で綺麗にしてみせる。

そう意気込みながら勧められたソファに座ると、目の前の男に家政婦紹介所からの紹介状と契約書を渡して見せた。

男はそれに目を通し、ため息をついてから口を開く。

「出て行ってくれないか。君はクビだ」

「……はっ？」

思いがけない言葉に反応が遅れる。

「だから、君に来られると困るんだ」

「えっ？」

意味がわからない。

クビも何も、だって私は今来たばかりだし……

明は半笑いの表情で男を見た。

「えっとあの……。私まだ働いてませんけれど？　それでもクビですか？　というより、あなたに私をクビにする権利があるんですか？」

「は？　何を言ってるんだ？」

「だってあなた、真城忍さんじゃないでしょ？」

明はつい相手をなじるような言い方をしてしまった。

「何だって？」

ワントーン高い声を出して、男は明をまじまじと見つめてきた。

「君はどこか抜けているのか？　ただの馬鹿なのか？　それとも目が悪いのか？」

「私、視力は一・二あります。学校だって首席で卒業しましたっ」

つい子供じみた反論をしてしまう。

「はっ、俺に言わせれば、君は充分間抜けだ」

お話にならない、といった感じで男は首を振り、肩を竦《すく》めている。

「いや、間抜けなのは君を派遣した家政婦紹介所だな。俺は男の家政夫を頼んだんだ」

「俺はって、まるであなたが雇い主みたいな言い方ですね。雇い主は真城忍さんでしょ？」

真城忍さんは女性なのに、何を言い出すんだろう、この人は……

もしかして、真城さんのマネージャーかしら？

そんな明の疑問は男の次の言葉で否定される。

「そうだ。俺が真城忍だが？」

「ええっ！」

明は叫んだ。そのまま、驚きのあまりしばらく呆然としてしまう。

作品のように、はかなげな美しさを持った女性だと思っていたのに、男？

年齢だって、今年二十五歳になる自分よりも若く見えるし、まさか……信じられない。

明は何度も瞬《まばた》きを繰り返した。

「だって、だって……。女性の名前だし……」

「それはこっちの台詞《せりふ》だ。紹介所には男を頼んだんだ。君の名前はどう見ても男じゃないか。今日から新しい家政夫が来ると聞いて待っていたところに君が現れて……、女性だったから変だとは思ったけど、何か紹介所から連絡でも持ってきたのかと思ってとりあえず屋敷には入れたんだが……」

男――真城は天を仰いだ。

「わ、私の名前は明《あきら》と書いて〝あき〟って読むんです。小野《おの》明です」

何を言っていいかわからなくなった明は、とりあえずそれだけ伝える。

「あ、そう……。俺はまんま、〝しのぶ〟だけど、男にもある名前だというのはわかるよな？　勝手に性別を勘違いしていたのは君の方じゃないか」

真城は肩にも付きそうな長めの髪に手を差し入れ、がしがしとかき回した。

そのがさつな仕草に、明は眉をひそめる。さっきの感じ悪い態度といい、黙って立っていれば〝超〟がいくつも付くくらいの美青年なのに、ギャップが激しすぎる。

そもそも明はこの手のタイプの無礼な男が嫌いだ。どんなに綺麗な顔の王子様でもお断りだ。

「勘違いって……、それは真城さんだって……」

確かに紹介状や契約書には性別の欄はない。

それが原因で起こるトラブルは今まで一度もなかったが、これからは性別も書いてもらうようにしなきゃ、と明は頭の片隅で思う。

「ひょっとして、私の名前だけ見て男だと思い込んで……。あの……、紹介所に確認はしたんですか？」

そう言うと真城は気まずそうな顔になり、フイッと横を向いた。どうやら確認はしなかったようだ。

明の所属する家政婦紹介所では紹介の依頼を受けると、雇用主の求める条件にあった候補者たちの簡単なプロフィールを提出する。雇用主はそれを見て、ならばこの人で……と頼むのだ。本来であれば雇い主と家政婦が直接会って契約書を交わすのだが、今回は先方が多忙かつ急いでいるとのことで郵送で済ませてしまった。

「とにかく……。そういうわけだから、君との契約はなしだ。すぐに帰ってくれないか。それに俺は一人暮らしだ。女性の住み込みは勘弁願いたい」

真城は明の腕を取り、応接室から無理矢理追い出そうとした。

「ひ、一人暮らし!?　い、いえ、待ってください。困ります私」

猫足の大きなアンティークソファにしがみつき、明は抵抗する。

「住むところないんです」

「はい？」

真城の眉がぴくりと跳ね上がった。

「だって、住み込みですよね、ここのお仕事。それも三ヶ月」

「そうだけど……子供の頃から祖母みたいに世話してくれていた家政婦がいたんだが、入院してしまって。まあ三ヶ月もあれば復帰するだろうから、その繋《つな》ぎのつもりで……」

「ですよね。だから私、その間は住み込みをさせていただきたくて……」

事情を話そうとしたが、真城はそれを遮《さえぎ》る。

「断る。さっきも言っただろう、女性ではなく男性の家政夫をお願いしていたって。男なら誰でも良かった。今まで何人かに繋ぎで来てもらったけれど、全員女性で……。とにかく、女性の家政婦はもう嫌なんだ」

「嫌って……」

そんな理由でこのまま追い返されたらたまらない。明には、どうしても帰れない事情があった。たとえ真城が男で、一人暮らしをしていても。

「住んでいたアパート、老朽化《ろうきゅうか》して急に取り壊すことになったんです。跡地は駐車場にするとかで……。管理会社さんが次のアパートを各入居者に紹介してたんですけど……。住み込みの仕事があるなら三ヶ月分の家賃がもったいないなって思って私、その話を断って、どことも契約してないんです！　ここにいる間にゆっくり次のアパート探せばいいかなって思って……」

ソファに抱きついたまま声を張り上げて必死に訴える。

「ばっ……、馬鹿かっ！」

真城は明以上に大きい声を出した。

「間抜けだとは思ったけれど、ここまでとは……。だいたい君は若い女性で俺は男。それも一人暮らしだ。なのに住み込むと？」

「し、仕方ないじゃないですか。本当に住むところがないんですから」

雇い主が女性だと思ったから、何も考えずに住み込みの仕事を引き受けた。しかし雇い主は男。そこは確かにものすごく問題である。

だがそれ以上に住むところがない方が、もっと問題だ。

「で、でも……泊めてくれるような友人はいないし、二、三日ならホテルとかネットカフェとかに泊まるお金はありますけれど、その間に次の住み込みのお仕事を見つけないと、私本当に……」

どうしよう……

このままホームレス？

それだけは嫌だ。

ここに泊めてもらった場合、いきなり真城に襲われる可能性はあるけれど、ホームレスよりはマシのような気もする。

それにホームレスの方が襲われる可能性が高い。それも誰ともわからない相手に。少なくとも真城は、身元だけはしっかりしているし……

「住民票だって、たった三ヶ月だけど何かあった時のためにって、ここに移してきちゃいました」

「じゅ、住民票まで？」

真城の口があんぐりと開く。

それに構わず明はまくしたてる。

「実家だって、兄夫婦とその子供たちが同居してて、しかも子だくさんな上に、私アパートの荷物も送っちゃったんで、私が寝る場所なんてどこにもなくて……」

明の訴えを聞いて、真城は文字通り頭を抱えて座り込んでしまった。

「わかった……」

やがて疲れ切ったような声を出し、真城は立ち上がる。

それから何度も深くため息をついて明に視線を向けた。

「半月ぐらいの滞在なら許そう。その間にとっとと住む場所を見つけるなり、次の住み込みの仕事を見つけるなりして出て行ってくれ。住民票も仕方ない……。当面はここの住所で構わない」

「あ、ありがとうございます」

明はしがみついていたソファからようやく離れ、真城に深々と頭を下げた。

「ったく世話の焼ける……。部屋のことだが、二階の東の部屋と南の部屋、それから一階の中庭に面した部屋と、キッチンの奥の部屋以外なら好きに使っていい。普段は使っていないから」

「ありがとうございます」

ここにしばらくは住める。ホームレスにならずに済む。

安心したとたん、真城が男であるという事実がものすごく心配になってきた。

この人は信用できる男性なのだろうか？

そう思うと、ひどく落ち着かなくなる。

それが態度に出ていたのだろう、不審そうな顔をして真城が近づいてきた。

「なんだ？」

びくりと肩を揺らし、明は思わず一歩下がってしまう。

「あ？」

足を止めた真城が不快そうに鼻に皺《しわ》を寄せた。が、次の瞬間、ニッと目を細める。

「俺に下心でもあって君を泊める気になったとでも？　安心しろ、君を襲ったりはしない」

人を馬鹿にしたようなその笑顔に、明はムッとした。

「どの部屋も内側から鍵がかかる。適当に使うといい」

それだけ言い捨てると、もうこれ以上話すことはないとばかりに真城はさっさと応接間を出て行った。

「は、はい」

一瞬遅れて真城の背に頭を下げた明は、ドアが閉じられたとたん、改めてホーッと胸を撫《な》で下ろした。

とりあえず身の危険もなさそうだし、しばらくはここに置いてもらえる。

その間に住む場所を探したり、新たな仕事を探したり、何より紹介所に連絡して事の次第を報告しなければならないが、やはり安堵《あんど》の気持ちの方が大きい。

するとと単純なもので、まずは家の中を見て回りたくなり廊下に飛び出してしまう。

下町の狭い借家で育った明は、子供の頃から広い家に憧れていた。

家政婦になったのも、憧れの広いお屋敷の中に入れるからだ。もちろん掃除や洗濯といった家事が好きだから、というのも理由の一つだけれど。

二階の東の部屋と南の部屋、それから一階の中庭に面した部屋に、キッチンの奥の部屋以外ならどこでも使っていいって言ってたわよね。

キッチンの奥の部屋は、たぶん今入院しているとかいう、昔からいた家政婦さんの私室ね……

他の部屋は真城さんの寝室とか仕事部屋かしら？

廊下には窓がないため、ひどく暗い。突き当たりに見えるドアに嵌《は》まった曇りガラスからしか光が入ってこないようだ。

たぶん、あのドアから中庭に出られるのだろう。

明はとりあえず、両側に並ぶ部屋の中から自分に一番近いドアを選んで開けようとした。

あ、でも。

その前にとにかく連絡しないと……

思い直して携帯電話を取り出した明は、紹介所に電話をする。

真城からの紹介依頼の内容を確かめて、真城が滞在させてくれている間に、次の職場を探してもらわなければいけない。

「もしもし小野ですが……」

『あ、明ちゃん。今日から新しいところでしょ。どうしたの？』

ワンコールで出た男性は、事務主任の馬場《ばば》だった。明より七つほど年上で、明を妹のようにかわいがってくれる人だ。もっとも馬場は誰に対しても優しくて、明には兄みたいな存在であるし、他の人たちには息子、あるいは弟みたいに親しまれていた。

「それが……」

さっそく説明をすると、馬場の声が裏返った。

『ちょっと待って、真城さんのお宅だったよね。確かおばあさんと暮らしているはずなんだが、一人暮らし？　今確かめるから。あ、でもこちらのミスじゃなくても、男性一人の家に住み込みはまずいから、他の人と代わってもらえないか調整してみる。もちろん真城さんにもそれで納得してもらうようにするし』

「はい。お願いします。あ、でも私……」

実はアパートを引き払ってしまったこと。でも、真城も次のアパートと職場が見つかるまでは置いてくれると約束してくれたこと。そんなことを含めてこれまでの経緯を伝えた。

『なんだって？　アパート引き払ったって……そういう時は連絡してもらわないと。わかった。それもこっちで考えるから、少し我慢しててね』

「はい。お手数おかけします。よろしくお願いいたします」

電話を切り、明はふうっと息を吐く。

さっきは住むところがなくなると焦るあまり、雇い主である真城に対して小さな子供のようにだだをこねてしまった。

最初から馬場に電話していればよかった、と明は少し前の自分を思い出して顔を赤くする。頬を軽く手で叩き、改めて近くにあった部屋に向き直って、そのドアを開ける。

「何っこれっ！」

ドアを開けたとたん、明は思わず大声を出してしまった。

なんて汚い部屋なんだろう。玄関や今までいた応接室も掃除が行き届いていなかったが、ここはそれどころではない。

元は客用の寝室だったのだろうか。シングルベッドが二つ置かれていた。が、被《かぶ》せられたシートには数年分と思われる埃《ほこり》が積もっている。

床も埃で白くなり、うかつに踏み込んだら足跡がくっきり残ってしまう。

いくら使っていない部屋だからといって、これはちょっとひどすぎる。

入院しているという家政婦さんや繋《つな》ぎの家政婦さんとやらは、いったい何をしていたんだろうか？　どんなに広い屋敷だって、毎日一部屋ずつでも掃除していれば、決してこうはならないはず……

元の家政婦さんがいつ入院したかはわからないし、繋ぎである家政婦さんたちがいつ辞めたのかもわからない。

でも、玄関や応接室はここまで汚れていなかったから、そこはきちんと掃除をしていたのだろう。

来客を通す場所だから、当然かもしれないけど……

しばしの間、汚れきった部屋の入り口で立ちすくんでいた明の頭の中に、ふいに「まさか」とある考えがよぎった。身をひるがえした明は、急いで廊下を歩きながら他の部屋のドアを片っ端から開けていく。

案の定、どの部屋も埃だらけだった。

そして広いキッチンには、汚れた食器がたまっており、リビングと思われる部屋にも本や新聞がちらばり、ごみ箱からは入りきらなかったごみが溢《あふ》れていた。

幸いというべきか、キッチンやリビングの汚れはせいぜい数日分といったところだ。おそらくこれは、明の前任の家政婦がいなくなった後の汚れなのだ。

「もうっ……」

そうは言ってもあまりの汚さに、明は呆《あき》れと怒りで頬を膨らませてしまう。

「掃除しなきゃ」

どこかに掃除道具はないかと、今度は納戸《なんど》っぽいドアを開けてみた。

あった！　掃除機！

長い間使っていなかったのか、これもまたどことなく埃っぽかったが、見つけたことの方が嬉しくて、うきうきと引っ張り出す。

「さっきから、何をしているんだっ！　バタバタとうるさい！」

突然、背後から怒鳴られた。

「きゃあっ！」

いきなりの真城の登場に、明は驚いて声を上げる。

「きゃあ、じゃない。何をしていると聞いているんだ」

振り返ると真城が険《けわ》しい顔をして明を睨《にら》んでいる。

「何って、その……。掃除しようと思って……」

「なぜ？」

真顔でそう聞かれ、明は面食らった。

「なぜって……。その……、あちこち汚れているし……。えっと、使わせていただこうと思った部屋だって、掃除しないと……」

真城さん、なんでこんなに怖い顔をしているんだろう。

明は少しおどおどしてしまう。

「そうか……。だったら、掃除は君が使う部屋だけにしてくれ。他のところには一切手をつけるな」

「えっ？　どうしてですか？」

「どうして？」

ぴくりと真城は頬を引きつらせる。

と思ったら身を乗り出すようにして明の前に顔を突き出し、念を押すように大声を出した。

「俺はうるさくされるのが嫌いだ。特に掃除機の音は大嫌いだ。仕事してるのに気が散る」

思いっきり眉間に皺《しわ》が寄っているし、目つきも険しくなっている。元が綺麗な顔なだけに迫力満点だ。

うっ……なんか怖い……

びくびくしながらも明は、どの部屋もひどい埃《ほこり》をかぶっていたのは、この調子で屋敷の主人が掃除をするなと言っていたせいなんだと納得した。

「あの……。でも……」

箒《ほうき》で掃《は》くとか拭き掃除とかであれば構わないだろう——と言いかけたところで電話の音がした。

「はい。真城……」

真城は自分の背後の壁にかけられた子機を取り上げた。

「ええ……。はい。はい……。えっ！」

とまどったような真城の声がする。

どうしたのかしら？

その様子を見た明は、彼に背を向けて離れようとする。他人の電話を聞くわけにはいかない。その時、明の携帯電話にもメールの着信が入った。

何かしら？

見ると、馬場からだ。

メールの定型挨拶《あいさつ》に続いて、『さっきの件ですが、真城さんの勘違いだとわかりました』とある。

さっき電話で、真城にいきなりクビだとか、男の家政夫を頼んだはずだとか言われたと伝えていたが、それに対する返事だった。

やっぱりこっちが正しかったのね。

明は少し胸を撫《な》で下ろしたが、続く文面を見て、顔をしかめた。

『ただ、代わりの人も新しい職場もすぐには見つかりそうにありません。真城さんのお宅での仕事を通いにするのは可能ですが、どうしますか？』

どうしますか？　と言われても……

すぐに次のアパートが見つかればいいけれど、そのアパート探しは紹介所の仕事ではない。管理会社からの物件紹介を受けなかったのは明の勝手な判断だ。

とりあえずはウィークリーマンションの類《たぐい》でもいいかな、という考えも浮かんだが、短期間でまた次の部屋を探す手間暇を考えるとあまり気が進まない。

だいたいアパートなんて、焦って見つけようとすればきっと失敗するだろう。

やはり、住むところが見つかるまではこの屋敷に置いてもらうしかない。そうなると今すぐに通いの契約にするわけにもいかないのだ。

「あの……」

ここは真城と交渉するしかないだろうと、明は勇気を出して真城に声をかけた。ちょうど彼の方も電話が終わったようだ。

電話を切った真城は憮然《ぶぜん》とした表情で首を振っていた。

「おい、家政婦。君にとっては朗報だ。今日から三ヶ月間、君はうちの家政婦だ。住み込みでも通いでも、どっちでも好きな方を選ぶといい」

「え？　それって……」

おそらく今の電話は紹介所の誰かからだったのだろう。どうやら交渉してくれたらしい。

助かった、と思ったが、それと同時に……

「私、家政婦って名前じゃありませんっ」

尖《とが》った声が口をついて出た。

こんな状況にもかかわらず、自分の呼び名が気になるなんてどうかしている。そう思ったけれど、どうにもひっかかるのだ。

たぶん真城の呼び方が、明の耳にはものすごく意地悪に聞こえるからだろう。

「じゃあ、なんだ？　ハウスキーパーか？　それともハウスメイド？　お手伝いさん？

「女中か？　侍女か？　あー。小間使いという言い方もあるな」

苛々《いらいら》した様子で真城は聞き返してくる。

「小野明です。さっきも言いました」

急に泣きたくなってきた。

憧れのお屋敷で、素敵な女主人のもとで仕事ができる。そう思っていたのに……いきなりクビと言われたり、顔だけはいいけれど感じの悪い男に怒鳴られたりするのがとても理不尽で、悲しい。

「し、仕事のことは……、私も普段から男と間違われていないか確認しておけばよかったと思います。帰る家がないから居させてくれっていうのもあつかましかったと思います。でも……」

すん、と明は鼻をすすった。いつの間にか半泣きになっていた。そのことに自分でも驚き、慌《あわ》てて堪《こら》えようと努力した。が、今度は声が震えてくる。

「ああ、もうっ……」

軽く舌打ちをして、真城はまた頭をがしがしと掻《か》いた。

「まるで俺が泣かせているみたいじゃないか……」

「私泣いていませんっ」

涙はまだ出ていない。だから泣いてなんかない、と明は唇を噛み締めた。

何か言いかけて、真城は掃除機が入っていた納戸《なんど》の棚からトイレットペーパーを取り出し、明に押し付けた。

「俺が……」

「えっ？」

なぜトイレットペーパー？

真城を見ると、彼は微妙に照れたような表情を浮かべて、フイッと横を向いた。

「いいから、鼻をかめ」

「あっ……」

気を使ってくれている？

怖いばかりじゃなくて、優しい部分もあるのかな？

些細《ささい》なことだけれど、明は嬉しくなって微笑んだ。

「あ、ありがとうございます」

あれ？　この人、ひょっとしてそんなに悪い人じゃないかも……

たかだかトイレットペーパーを差し出されただけで、そんなふうに感じるなんて、自分の単純さに呆《あき》れてしまう。

背を向けて鼻をかもうとすると、真城は明から少し離れた。

やっぱり気を使ってくれているのだとわかって、明はまた、単純に嬉しくなる。

「なんだ……。その……」

明が落ち着いた頃合《ころあい》を見はからったように、真城は口ごもりながら切り出した。

「俺のミスだった。君の所属している紹介所に確認の電話を入れてみたら、回答の電話をもらった。男性の家政夫をお願いしたつもりが伝えていなかったらしい。それに申し込みの際、家族構成を聞かれたんだが……さっきも言ったけれど入院している家政婦は俺にとって祖母同然だから、祖母と暮らしていると……。俺のミスだから君との契約は続行する」

「あ、ありがとうございます」

「けれど……勤務が日野《ひの》さんが復帰するまでの三ヶ月というのは変わらない。もし住む場所が決まったら、すぐに教えろ。さっきも言ったが、住み込みでも通いでも俺は気にしない」

日野……。それが元々いた家政婦さんの名前なのだろう。

「それと、二階の東の部屋と南の部屋、一階の中庭に面した部屋と、キッチンの奥の部屋は入らないでくれ」

「はい」

明の心拍数がいきなり跳ね上がった。

いよいよこのお屋敷を思いっきり掃除できるんだと思うと、なんだか妙に興奮してしまう。

「君のメインの仕事は料理と洗濯。あとは玄関や応接室、庭の掃除だけでいい」

「えっ？　あの……。他の部屋は？」

高揚した気分がちょっとだけ冷める。掃除するのなら、隅々まで徹底的にやりたいのに……。

「さっきも言っただろう。俺は掃除機の音が嫌いだって。だいたい他の部屋は使わないじゃないか。使わない部屋の掃除なんかしても意味がない」

真城は物わかりの悪い子供を見るような目つきになった。

「でも、やはりお掃除はしないと……。あっ、掃除機をかけなければいいんですよね？　掃除の方法は他にいくらでもありますし」

どうしても、お屋敷中をピカピカにしたい。

だってせっかくのお屋敷なのだ。子供の頃から憧れていた広いお屋敷。だからどこもかしこもすっきりと清潔にしたい。そうすればもっと素敵になるはずだ。

「は？」

真城は一瞬、妙な顔をした。

「だって、掃除機の音が嫌いなんですよね？」

「掃除機の音は確かに嫌いだが……。そうではなくて……なぜ、家の中のすべてを掃除する必要がある？　君は……、そんなに掃除が好きか？　普通同じ給料なら、楽な方を選ばないか？」

「私、掃除が大好きなんです。だからこの仕事についたんです。あ、炊事洗濯家事一般が全部好きで、特に窓拭きが大好きで……。知ってますか？　窓って洗剤とか使わないでも綺麗にできるんですよ。水拭きと空拭きだけで……」

勢い込んでそう言うと、真城はまるで珍しい生物でも見るような目つきになった。

「あの……、何か？」

そんな目で見られて、明は少し不愉快になった。

「いや……。そんなに掃除をしたいのなら、すればいい。ただし、俺の世話は焼くな」

どういう意味？

本当に世話を焼かないとなると、食事の面倒も見なくていいことになってしまう。そんなはずはないと思うけど。

「あの、それは具体的にはどういうことでしょうか？」

ここは一応聞いておいた方がいいだろう。

「まさか、食事もいらないってわけじゃないですよね？」

「はっ？」

聞き返された。ものすごく機嫌が悪そうな顔になっている。

大きいけれど切れ長の目がやや吊り上がり、眉も跳ね上がっていた。眉間には皺《しわ》。機嫌が悪いを通り越して、これではただのガラの悪い男だ。

いや、『ただの』ではない。

真城の顔はやはり見惚《みほ》れるほど美しかった。

本当に、なんでこんな性格なんだろう？

なんだか神経質で、意地悪で……ついでに頑固？

服装だってちっとも構わないし……。もったいないなぁ。このお屋敷といい真城さんといい……

きちんと手を入れて、毎日磨いていれば、もっともっと輝くのに……

「なんだ？　俺は今、どういう意味か聞き返したつもりだが？　まさか俺に見惚れていたんじゃないだろうな」

「す、すみません」

あまりに図星すぎて、頬がカッと火照《ほて》った。

「あの、えっと……、だから……。お食事は作ってもいいんですよね？」

「あたりまえだ。ただし、俺が欲しい時に作れ。コーヒーの類《たぐい》も俺が淹《い》れろと言ったら淹れろ」

腕を組み、少しだけふんぞり返るようにして、真城は明にそう言い放った。

その様子はまさしく美しい暴君といった感じで……。はまりすぎて、見ていると笑いがこみ上げてくる。

「だが、俺が呼ぶまでは俺の部屋には入るな。お茶はいかがですか？　とか、おやつは？　とか言って、いちいち部屋に入ってくるな。ノックも厳禁。仕事を邪魔されるのが、俺は何より嫌いなんだ」

「はい。わかりました」

なるほど、と明はひそかに頷《うなず》いた。

やっぱりこの人は神経質なんだわ。執筆に集中したいのね。

服装が適当なのも、使っていない部屋の掃除がいらないのも、仕事にだけ全精力を注いでいることが理由なのかも？

そのくせ、本当になんていうか、真城さんは無駄に綺麗というか……

なんで作家の道を選んだんだろう。どう見たって、モデルとか芸能人の方がよさそうなのに……

明はつい、真城の姿を眺めてしまう。

その視線に気付いたのか、真城の眉が思いっきり寄せられた。

「なんだ？　また俺に見惚《みほ》れていたのか？」

「え、いや、あの……、その……」

見惚れていたわけではない。ただ、見ていただけだ。けれど、それをきちんと説明すると、また図に乗らせてしまうだろう。

だって要約すると、無駄にかっこいい、ということなのだから。

それにしても、二度も続けて俺に見惚れていただろう、なんて聞くのはちょっと自意識過剰だと思う。

そんな風に思っていたら、突然爆弾発言が降ってきた。

「まさか、恋愛感情なんか芽生えていないだろうな？　いいか、絶対に俺に惚れるな」

「えっ、えぇぇっ！」

明はひっくり返ったような大声を出してしまった。

なっ……なんなのこの人？

ここまで来ると、自意識過剰というよりも、病気に近いのではないだろうか。それともただのナルシスト？

こんな人を好きになるなんて、絶対にない！　絶対に……！

明は心の中でそう叫んだ。

あなたのことは絶対に好きになりません。

だが仮にも雇い主である真城に対してそんなことを言えるわけもなく、明はただ、首を縦に振って頷いた。

「わ、わかりました」

続けてそう答える。

真城は疑わしそうな顔をして無言で明を見ていたが、唐突に「お茶」と口にした。

「はっ？」

「だからお茶だ。喉が渇いた」

真城はぶっきらぼうに言い、ダイニングキッチンに向かった。

「あ、はい。ただいま……」

慌《あわ》てて明もダイニングキッチンへ行く。

さっき覗《のぞ》いた時にも思ったけれど、ダイニングキッチンは広い。キッチンスペースだけでも明が住んでいたアパートの部屋と同じくらいの面積がある。

屋敷そのものは築五十年以上は経っていそうだが、ここは最近改装したらしく、立派なシステムキッチンだ。

中央にあるのは、対面式の大きなカウンターキッチン。

そのカウンターの前に、リビングといっても差し支《つか》えなさそうな広さのダイニングルームが広がっている。

一人暮らしにもかかわらず、六人掛けの大きなテーブルに、キッチンに立っていても見える壁掛けの大画面テレビ。

だが――シンクの中は汚れた食器でいっぱい。テーブルの上にも新聞や飲みかけのカップがいくつも置きっぱなしになっていた。

真城はそんな状況を気にする様子もなく、椅子に腰掛けている。

とりあえず洗い物だけでもしてしまわないと……

あまりの惨状に、明は反射的に腕まくりをしてシンクに向かった。

「おい、何をしている？　俺はお茶を飲みたいと言わなかったか？」

「そうですけれど……、ここを片付けないと……」

「後にしろ。今お茶が飲みたいんだ」

でも……と明は言いかけてやめた。真城は雇い主なのだ。こんなことで逆らって、またクビだと言われたらたまらない。

「わかりました」

職業柄か、キッチンに立つと何がどこにあるかなんとなくわかる。ダイニングのテーブルとおそろいのデザインの食器棚を開けると、紅茶の缶が目に入った。

ダージリンとオレンジペコ。それにアッサムの茶葉がある。

同時に素敵なティーカップセットを見つけ、思わずそれらに手を伸ばしかけた時、真城の声がした。

「何をしている？　お茶といったら日本茶だろう？　なんで紅茶？」

そ、そうだよね。

えっと、日本茶は……

慌てて日本茶を探そうとすると、真城が椅子から立ち上がってキッチン側に回ってきた。

「いいか、日本茶の葉はここ……」

棚を開いて明に見せる。

「赤い筒が、みなまた茶で、銀が知覧茶《ちらんちゃ》。黒がほうじ茶。そこの小さくて白いのは玉《ぎょく》露《ろ》だ」

すなわち、それらが真城の好みのお茶で、気分によって変えているのだろう。ということは……

「あの、今はどれをお飲みに？」

「お茶だ。寝起きや昼間にお茶と言ったら、みなまたか知覧。玉露の時はそう指定する。夜はほうじ茶。それとコーヒーはここ」

と、日本茶の缶の上の棚を指差した。コーヒーは一種類しかなかった。

「特製ブレンドで俺のこだわりだ。紅茶は来客用。日本茶もコーヒーも紅茶も切れそうになったら、そこ」

と、今度は扉の裏側を指差した。

「ここに貼ってある紙に業者の連絡先が書いてあるから、忘れずに頼め」

「はい。わかりました」

真城は言うと、また椅子に座る。

明は言われた通りみなまた茶を淹《い》れて真城に出した。彼はそのままゆっくりと飲み始める。

熱いとか濃いとか文句が出ないことにほっとして、明はさっそく洗い物にかかった。

さっきのティーセットもそうだけど、なんだかかわいらしいというか、女性が好みそうな花柄デザインの食器ばかりだわ。

ティーカップの取っ手などは細くて折れそうだ。しかも繊細な飾りがついているから、洗うのも一手間かかる。

それはそれで明にしてみれば楽しい作業なのだが……

一作品しか読んでいないけれど、あの泣ける恋愛小説を書く人物には似合っている。けれど、素《す》の真城忍とは不釣り合いだ。

華奢《きゃしゃ》なカップを洗いながら、明はどうしても違和感を覚えてしまう。

きっと誰かの趣味なのだろう。

彼女でもいるのかしら？

嫌な男だけど、顔だけはいいし、いてもおかしくないけど……

そんなことを考えていた時に、ふいに真城から声をかけられた。

「君は……聞かないんだな」

「はい？　何をですか？」

「いや、日野さんが入院してから、何人かの家政婦に来てもらっていて……もっとも住み込みなのは君だけだが……」

何かを思い出したのだろう、真城の目つきが凶悪になった。

「どの女も、それこそ若いのも年寄りもみんな、その食器を洗ってて、『彼女のご趣味ですか？』って……。そのあともプライベートをあれこれと聞いてきて……。男の家にそういう食器があっちゃいけないのか？　おまけに彼女がいるって決めつけて……」

ということは、彼女の趣味ではないし、彼女もいない？

食器は真城自身の趣味？

「……とにかく聞かなかったのは君が初めてだ」

聞かなかったけれど、頭の中では思っていたから、どういう顔をしていいかわからない。明はあいまいに微笑んだ。

「その様子だと俺に惚れないいな」

真城はどこか安心したように呟《つぶや》いてお茶をすする。

「えっと……」

また、自意識過剰というかナルシストというか……

なんでさっきからそういう話ばかりするのだろうか。明は少し困惑した。

ここはがつんと言っておいた方がいいだろう。

「惚れないと思います。だいたい年下は好みではありませんから」

どんなに顔がよくても、その口の悪さと意地悪さではお断り。

そう言ってやりたいのをぐっと堪《こら》えて、あえて無難に答えてみた。すると真城は怪訝《けげん》な顔をする。

「あ？　年下？　君はいくつだ？」

「二十五です。十一月で二十六になりますけれど……」

女性に年齢を聞くのは失礼じゃないか、と思いながらも答える。

「なら、俺の方が年上じゃないか」

「え？」

年上って……いくつだろう？

門前で声をかけられた時は、すごく若く見えた。

だから、年上だと聞いてもせいぜい二つ三つ上だろう、と考えていたら、それを見通してか、真城が笑った。

「驚け。もうすぐ三十二だ」

「ええっ！」

今度は本当に驚いて、明は目を見開き思いっきり大声を出した。

「ふん。やはり驚いたな」

真城は少し人の悪い笑みを浮かべたままだ。明の反応に満足しているようにも見える。

確かに芸能人であれば、実年齢より若く見える人たちはたくさんいる。

おそらくエステに行ったり、ヒアルロン酸を注入したりしている人もいるのだろうけれど、この格好から察するに真城は何もしていなさそうだ。

そもそも外に出て人に顔を見られる仕事ではないのだから、そういう類《たぐい》のケアをする必要もないだろう。

「お……驚きました……。あ、でも、でも私……」

年上だと知ってもあなたなんか好きにならない。

そう続けようとしたが、そこまでして否定するのはなんとなくためらわれた。

「そういう家系だ。親も兄弟も親戚も、みんな実年齢より若く見える。ただし、死ぬのも早い。一番の長寿が叔母だ。六十二まで生きた。彼女も見た目は四十代後半くらいだったな……。今も生き残っているのは、俺といとこの二人だけだ」

最後は寂しそうな表情を浮かべて、真城は周囲を見回した。

かつてはこの広いお屋敷に相応《ふさわ》しい人数の家族がいたのだろう。それを懐かしんでいるような真城の様子を見て、明まで悲しい気持ちになった。

「えっと、その……。真城さんは長生きします、きっと……。だって私がいるんですもん。長生きのできるバランスのいい食事を作るの、得意なんです、私。それを毎日食べれば……」

ここは慰《なぐさ》めるべきなのだろうか？

そんなことを一瞬考えた。が、上手な言葉が出てこない。

「えっと、とにかく食事の仕方で健康に……」

慰めるなら普通に慰めればいいのに、どうしてこんなことを言っているんだろう。

明は自分がなんだか情けなく思えてきた。

見れば真城の表情が少し歪《ゆが》んでいる。

怒っているのだろうか。明はひやひやして彼が何か言うのを待った。が、真城は何も言わずに立ち上がる。

「あの……」

窺《うかが》うように声をかけると、うるさそうな視線が返ってきた。

「その、もうご用はないでしょうか？」

「ない。ああ……、そうだ。言い忘れた。呼び鈴《りん》が鳴っても宅配郵便以外は出るな。アポのない人間も入れるな。それと、とにかく俺に惚れるな。呼ぶまで来るな」

まだ惚れるだのなんだのという話をするのかと、明は少し呆《あき》れた。

誰かに惚れられて、よほど嫌な思いでもしたのだろうか。だとしたら、念を押されるのもわかるけれど……

いずれにしろ、今回の雇い主はやりにくい相手だ。

明はそう思いながら頷《うなず》いて、ダイニングから出て行く真城を見送った。

2

明が真城邸で働き始めてから四日が経った。屋敷にも真城にも、そして、ここでの生活そのものにもまだ慣れていない。

それでもこれまで通り朝六時にはきちんと目を覚ます。真城は午前四時頃に寝て正午少し前に起きる、といった生活をしている。その生活パターンから考えると、家政婦である明もこの時間に起きなくていいのだが、早起きが身体に染み付いているのだ。

「んーっ」

ベッドの上で伸びをすると、まだまだ見慣れない凝《こ》った模様の天井や、白壁が目に入る。部屋も広いし、インテリアも何もかもが豪華だ。今まで住んでいたアパートの安いパイプベッドやビニールの床じゃない。作り付けの大きな本棚やクローゼット。ホテルの部屋にありそうな鏡付きのライティングデスク。

あー、幸せ。こんな部屋で寝起きできて。でも……

この屋敷ではパジャマ姿のまま洗面所に行くわけにはいかなくて、それが面倒だと感じる。

やっぱり男性の一人暮らしの家に女の自分が住み込むのはまずかったのかもしれない。早くアパートを探さなければと思う。

仕事に慣れるまではと、まだアパート探しにも出かけていないのだ。

もっとも真城は今のところ、宣言通りに寝込みを襲いになんて来なかったし、一度だけだが洗面所で明と出くわした時などは、そっと回れ右をしてくれた。

「とにかく今日も頑張ろう」

着替えて、部屋を出る。

おそらくまだ寝ているであろう真城を気遣い、静かに廊下を進んで洗面を済ませた明は、掃除道具を持って自分の部屋へと引き返した。

まず朝一番で、自分の部屋の掃除をてっとり早く済ませるようにしているのだ。

「あら?」

ライティングデスクを拭こうとして、自分の携帯にメールの着信があるのに気付いた。

馬場からのメールだった。

男性と二人暮らししているような状況だけど大丈夫か、という内容だった。しかも何かあったらすぐに帰って来いとまで書いてあって、明はつい笑ってしまう。

馬場さん、本当に私の肉親みたいね。

大丈夫です、とひとまず返信して、明は一日の仕事に取り掛かった。

初日に、自分の部屋と定めた客間にキッチン、それからバスとトイレの大掃除をした。

それから四日、順々に部屋を巡って掃除をしていたが、まだ掃除をしないといけない部屋が残っているのだ。

明は今日掃除しようと思っていた部屋の前に立ち、そっとドアノブを握った。服装は働きやすいストレッチジーンズにTシャツ。それにポケットがいっぱいついた赤いエプロン。

片手には掃除機以外の掃除道具一式が入ったバケツを持った。

初日に、真城から入るなと言われた部屋以外で、まだ掃除をしていないのはこの部屋だけだ。

ここも広いのだろうか？

屋敷にはLDKの他、十二の部屋がある。全部の部屋のドアを開けたわけではないけれど、数だけは数えていた。

他に納戸《なんど》もあったが、その納戸ですら六畳ほどの広さがあったのだ。この部屋もどれだけ広いのだろうと、明はわくわくしながらドアを押した。

「わぁ……」

思わず声を出して明は目を瞠《みは》る。

広さに驚いたのではない。本の多さに驚いたのだ。

「ここ……書庫？」

二十畳くらいの部屋だ。正面にある細い窓以外の壁はすべて本棚で埋め尽くされている。部屋の中央にも背の低い書棚が背中合わせに配置され、窓の下には古い勉強机と椅子が置かれていた。

「すごい。すごい」

無類の本好きである明は瞳を輝かせ、掃除も忘れて書棚を見て回った。しかし、すぐにその瞳を曇らせる。

「なんなの、まったく……」

本の整理が全然されていない。

それどころか、真城が資料として読んだらしき本が出しっぱなしになって床に転がっていたり、窓際に放り出されていたりする。

どうしてこうなんだろう。せめて本棚に戻せばいいのに。

本が好きなだけに、明はつい頬を膨らませてしまう。

怒りながら拾い上げたのは、『漆黒《しっこく》の恋人』というタイトルの翻訳本だった。

それもヴァンパイア物。

人間として育った吸血鬼の少女が、ヴァンパイアの世界から彼女を迎えに来た青年やヴァンパイアハンターと出会い、彼らとともに事件を解決していく、というあらすじだ。

真城さんがこういうファンタジーを？

なんだか意外だった。

彼はアンハッピーエンドな恋愛物を得意としている作家だが、それらの舞台は大体が現代のリアル社会だ。

明は一作しか読んでいないが、彼の作品に対する書評やレビューにはそう書かれていた。

何か今までと違う物でも書くつもりなのかしら？　それとも実はこういうジャンルが好み？

ふと興味を引かれて明は本のページをめくった。——それから一ページ、二ページと読み進める。

え……。

これ、おもしろい。

ほんの数ページ読んだだけなのに、明はもうその本の虜《とりこ》になっていた。掃除のことも忘れて読み進める。

人間とヴァンパイアのバトルはもちろん、恋愛部分も予想以上におもしろい。

廃墟《はいきょ》と化した町や古城。その中で繰り広げられる物語。明の目の前に、町の風景や城の内部の様子が広がっていく。

もちろん、ただの想像だ。でもそこに、妄想に近いものが加わるのを明は感じていた。自分が登場人物の一人になって、物語の進行に参加し始めたのだ。文字に目を走らせストーリーを追う合間に、明はいつもこうして、あれこれと自分なりのストーリーを作ってしまう。

ああ……。ここ、このシーン。


『アールから何か言ってきたのですか？』

『ああ……。しかし……』


明は頭の中で、実際のストーリーにはない部分を勝手に想像し始めていた。

明は今、いるはずのないヴァンパイアの侍女になっている。そしてヒーローのヴァンパイア伯爵クライヴに声をかけているのだ。

『駄目です。クライヴ様。行ってはいけません。アールの話は罠《わな》に決まっています』

「何言ってんだ？　そこでクライヴがアールの話に乗らないとストーリーは進まない」

はっ、として明は妄想から覚める。

頭の中の明の言葉に返事をしたのは、現実の真城の声だった。

「あ、あ……。私……」

かあっと全身が熱くなった。

頭の中だけで考えていたはずなのに、いつの間にか声に出していた。

ものすごく恥ずかしいところを見られた。いや、聞かれてしまった。

「その本を読んで妄想全開か？　ヒロインが捕らわれてどうしようか、クライヴが悩んでいるシーンだろ？　そこはクライヴ一人だったはずだが？」

くすりと真城に笑われた。

「なっ……。た、ただの独《ひと》り言です。そ、それよりここの本は真城さんの？」

何も笑うことはないのに。そう思ったけれど、確かに笑われても仕方ない。明は顔を赤くしたまま横を向いて話を逸《そ》らす。

「親や叔母が揃えた古い本もあるが、今残っているのは俺の趣味の物がほとんどだ。まあ資料本もあるが、そんなに読みたければ、いつでも好きに読むといい」

「あ、ありがとうございます」

「それより夕飯は？　何度呼んでも来ないし、だいたい、なんで主人の俺が君を探さなきゃならないんだ」

「え？　夕飯？」

見ると窓の外はすっかり暗くなっていた。

「すみません。すみませんっ」

そんなに長い間、本に夢中になっていたんだ……

悪い癖が出てしまった。

恥ずかしさ以上に、まともに職務を果たせていなかったことへの悔しさが押し寄せてきて、明はいたたまれなくなった。

「今、作りますっ！」

慌《あわ》てて持っていた本を置いて書庫を飛び出す。

ああ。もうっ。なんて間抜け……

本が好き。読書が大好きだ。けれど、時と場合を忘れてつい夢中になってしまうのがこの趣味の最大の難点で……

やだ……食材がっ……

掃除を終わらせたら買い物に行く予定だった。

宅配で一週間分ぐらいの食品をあらかじめ購入することもできるが、なるべくその日その日で新鮮な食材を使って料理をしたい。

真城から好きな店で好きなように買えばいいと言われたので、明は初日以外は買い物に出ていた。その時に安くていい物を売るスーパーも既に見つけてある。

財布を握りしめ、慌てて勝手口から裏庭を抜け通用口から外へ出た。

ドン。

勢いよく飛び出したせいで、明は誰かとぶつかった。

「きゃっ」

「ごめんなさい」

そう言って頭を下げようとしたけれど、ぶつかった相手はもう明の目の前にはいない。

何も言わず、明を見ようともせず、背を向けてすたすたと歩き去っていく。それは白いジャケット姿の女性だった。やや赤く染めた髪がジャケットの白に映《は》えている。

急いでいるのだろう、謝罪の声に反応を見せない。明も急いでいたため、深く考えずにスーパーへ走った。

＊　＊　＊

ピーマンを手に取ろうとした時、ふと視線を感じて明は顔を上げた。あたりを見回してみても、スーパーの客たちは皆、自分の買い物に集中している。

気のせいだろうか？

だが、レジに並んでいる時も、どうも誰かに見られている気がして落ち着かない。

私、何か変な格好してるかしら？　エプロン姿なのが珍しい？

おしゃれなデザインだし、仕事着のつもりでつい着けてきちゃったけど……

こんなお屋敷街じゃまずかっただろうか。

明は釈然としないまま会計を済ませ、帰路についた。

その道でも……

つけられている？

真城の屋敷に近付くにつれ、人通りはほとんどなくなるはずなのに、ひっそりとした足音が明の背後から聞こえてくるのだ。

まさか、スーパーから……

唐突に怖くなり、立ち止まった。

振り返って確かめようと思っても、足が竦《すく》んでうまくいかない。

考えすぎだ。たまたま行く方向が同じだけ。そう自分に言い聞かせようとしても、膝ががくがくと震えてきて、買い物の荷物を持って立っているのもやっとだった。

足音が近付いてくる。よく聞くと、ハイヒールだと思われるややカン高い靴音だ。

女？　女性なら痴漢《ちかん》じゃないよね……？

どくん。それでも心臓は飛び跳ね続ける。冷や汗が背中を伝う。思わず目をつむり、息を潜めるようにして背後の気配を探っていると、近付いてきた足音が横から前方に移動していった。

え？　前？

おそるおそる目を開けると、明の目の前を歩いて行く女がいる。

自分の勘違いだった。やっぱり行く方向が同じなだけだったんだ。

ほっと胸を撫《な》で下ろした瞬間、明は女の服装と髪の色を見て、あっと声を上げそうになった。

白いジャケットに赤い髪……。屋敷を出た時にぶつかった、あの女だ。

偶然だよね？　あそこでぶつかったのも、今ここにいるのも、あの人がこの辺に住んでいるならあり得ることなわけで……

考えすぎ、絶対に……。スーパーで誰かに見られていた気がしたけれど、あの女性だとは限らないし……

明は頭を振って、襲ってくるおかしな考えを追い払った。

それより早く帰って夕ご飯を作らないと、また真城の機嫌が悪くなるだろう。そっちの方が今は優先事項だと、止めていた足を急がせた。

＊　＊　＊

「買い物に行っていたのか？　遅かったな」

背後を気にしつつ勝手口から屋敷のキッチンに入ると、真城が腕組みをして待っていた。

「すみません。今作ります」

明は慌《あわ》てて夕食の準備に取りかかったけれど、真城はまだキッチンに立っていた。ダイニングの方に立っているのならまだしも、なぜかキッチンに居座っている。

何か用があるのだろうか。野菜を洗っている手を止めて真城を見ると、彼は険《けわ》しい表情を浮かべていた。

「あの……」

確かに、午後は掃除もしないでずっと本を読んでいた。夕食の支度もすっかり忘れていた。彼はきっと怒っているのだろう。怖い顔で睨《にら》まれても仕方がない。

そう思ったし反省もしたけれど、キッチンにずっといられると料理の邪魔になる。

「今日は本当に申し訳ありませんでした。あの……、これからはきちんとやりますし、座って……」

はっきり『邪魔』と言うと角が立つ。だからダイニングで座って待っててくれと伝えようとした。が、途中までしか言えなかった。

「何を気にしていた？　外で何かあったか？」

真城がそんなことを聞いてきたからだ。

「え、あの？」

「さっき帰ってきた時、随分背後を気にしていたな？　誰かにつけられたとか、変な奴がいたとか、そんな感じだった」

真城の鋭い指摘に明は一瞬息を呑む。

作家ならではの観察眼なのだろうか。明の些細《ささい》な動作一つでそんなことまで見抜くなんて……

「あ、なんか私の勘違い、……だと思います。出かける時に偶然ぶつかった女性を、帰り道でもまた見かけたので」

「女？」

真城がわずかに眉を寄せる。

「どんな女だ？」

「どんなって……」

苛々《いらいら》した様子で真城は髪をかき上げた。

「かなり赤みのある茶髪で、白いジャケット。顔ははっきり見ていませんが、三十歳くらいかな？」

そう答えたとたんに、真城は大げさともいえる仕草で頭を抱え込んだ。

「あいつか……。ったくしつこい……」

「あいつ？　お知り合いなんですか？」

しつこい、という発言も気になったが、それと同じくらい、顔見知りであるかのような言い方が気になって、明は思わず手を止めて聞いていた。

「あ、いや……」

我に返ったような顔で、真城は視線を宙にさまよわせた。

「気にしなくていい。今度見かけても相手にするな」

そう言われても、さっきの言い方を聞いたら、どうしたって気になってしまう。絶対に何かあるに違いない。

元カノだとか、別れた妻だとか、なんとなくそんな気がしてしまう。

もしそうだとしたら……

あれこれ想像をめぐらせそうになって、明は慌《あわ》てて頭を振った。

いけない。また私の悪い癖。

それより今は夕飯を作らなきゃ。

どこの家へ行っても詮索《せんさく》好きの家政婦は嫌われる。だから、勤め先の家の事情に首を突っ込まないのはプロの家政婦としての鉄則なのだ。

「とにかく……。変質者じゃなくてよかった……。いきなり出かけるな。買い物に行く時は俺にそう伝えろ。それに日が落ちてから行くのはやめろ」

ぶっきらぼうに言い残して、真城はリビングに消えた。

あっ……。私、心配されてた？

変質者じゃなくてよかったって……。真城さん、やっぱり優しいところがあるんだな。

初日にもそう感じた瞬間があった。

トータルで見るとかなり嫌な男だから、その分ちょっとした優しさが際立って見えるだけなのかもしれない。

それでも、心がほんのりと温かくなった。

3

あ、また……

二階のバルコニーの窓を磨きながら、明はもう見慣れてしまった光景を目にして、かすかなため息をついた。

数人の女性が門の前から屋敷を見上げている。

真城のファンの女性たちだ。住所は公開していないのに、どこから嗅《か》ぎ付けてくるのか、コアなファンがこうしてやってくるのだ。

この屋敷で働き始めてから十日。

屋敷の周りにファンがいることにも慣れたし、彼女たちから嫉妬《しっと》のこもった眼差しを向けられることにも慣れた。

本は読むけれど雑誌はほとんど読まない明は知らなかったが、真城は美貌の恋愛小説家として、女性誌によく取り上げられているようだった。

そのせいで、作家としての真城のファンというより、アイドルのおっかけに近いファンまでいる。

ただ黙って屋敷を見つめる者。門前にプレゼントを置いていく者。勇気を出して呼び鈴《りん》を押す者。外に出てきた明にプレゼントを託《たく》す者。

彼女たちの行動は様々だが、多い時には十人近くの女性ファンが門の前や通用口付近に佇《たたず》んでいる。

もちろん誰も訪ねてこない日もある。

明が初めて真城邸を訪ねた日もそうだった。門前には誰もいなかった。

しかし真城には最初、明もファンの一人に見えたらしい。

にもかかわらず彼が自ら明に声をかけたのは、よくよく見たらファンにしては変だと思ったからだと、ついこの間、真城本人から聞かされた。

ファンならば、その手にカメラの類《たぐい》や、サイン用に用意した真城の本を必ず持っているという。ところが明は大きめの旅行かばん一つしか持っていなかった。

それなのに長時間屋敷を見つめてにやにやしていたから、怪しさのあまり警察を呼ぼうかとも思ったらしい。でもまあ、とりあえず声をかけて様子を見ようと思い門まで出てきたと言っていた。

いきなり警察を呼ばれなくてよかった。明はその話を聞いて心底ホッとしたものだ。

でも本当に困ったものだわ……

バルコニーから身を乗り出して、門の外を見つめる。

ここで働き始めて十日。もうすっかり慣れてしまったけれど、やっぱり少し怖い。

なぜなら……

スマホを屋敷に向けて撮影したり、本を手にして連れと何かしゃべったりしているファンの中に、ただ立って、じっとこちらを見ている女性がいるからだ。

あの白いジャケットの人、またいる……

スーパーに買い物に行った時、ぶつかった女性だ。

あの一件以来、彼女を目にするとなんとなく気味が悪くなって、明は思わず眉をひそめてしまう。

真城が『あいつ』とか『しつこい』と言った意味が、今ならよくわかる。

あの時は元カノでは、なんて想像をしてしまったが、どうやら真城のファンらしい。

毎日いるわけではないけれど、来る時はいつも同じ格好で、ただ屋敷を見ているだけ。

目にするたびに同じ白いジャケットなのも、ちょっと気味が悪い。

彼女なりのジンクスでもあるのかもしれないが、そろそろ暑くなる季節なのにずっとジャケットを着続けている意味がわからない。

この季節だったら、もっと薄手の白いブラウスとかカーディガンでもいいのに、と明は妙に気にしてしまう。

「え……」

ふと彼女と目が合った気がして、ぞくりと鳥肌が立った。

広い屋敷といっても、玄関上のバルコニーから門までは顔の判別がつく距離だ。目が合っても不思議ではないけれど。

やだな。なんか睨《にら》まれた感じ……

首を竦《すく》めた明は、バルコニーの窓拭きを手早くすませ、早々に部屋を出た。

その足で書庫の前を通りかかる。そこで一瞬立ち止まるものの、ぐっと拳を握って我慢する。

だめだめ。また本を読みふけっちゃう。

明はあれ以来、書庫を掃除する時はタイマーを持ち込むようにしている。そうしないと、掃除中にやっぱり本に手が伸びて、あっという間に時間が経ってしまうからだ。

最初に失敗したから、以来かなり気をつけるようにしている。

そんな風にして今日もなんとか書庫の掃除を終えたのだが、それでも、どうしてもあの大量の本を整理したいという欲求が抑えられない。

何しろ本の形も大きさも、ジャンルも、もちろん著者名も関係なく、本がただ棚に差さっている状態なのだ。

続き物でも、一巻が右の本棚にあったかと思えば二巻は左。さらにその続きは他の本の続き物と交じって床に積まれている。

昨日やっと三分の一ほど分類・整理したが、直接本を手に取る作業だから、タイマーを持ち込んでもそのままアラーム音が鳴るまで読みふけってしまい、なかなか思うように進まなかった。

結果、他の仕事ができなくなってしまうので、そのうち一日設けてやってしまおうと思っている。

とりあえず今は、後ろ髪を引かれる思いで通り過ぎた。

そこから裏庭に回ろうと廊下を進む。

そろそろ裏庭に干してある洗濯物を取り込む時間だ。

「えっ？　何これっ」

裏庭に行く廊下の途中で、明は思わず声を上げてしまった。

点々と服が散らばっている。

最初に靴下。次にトレーナー。その次にジャージ。どれも真城が着ていたものばかりだ。

なんなの？

まさか真城さんに何か？

自分がバルコニーに出ている間に誰かが侵入して、何かされたのだろうか。

この屋敷はろくなセキュリティーを入れていないのだ。

強盗？　しかし、強盗が真城の着ている服を剥《は》ぎ取るとも思えない。だとしたら、行きすぎたファン？

どうしよう。

心臓がバクバクしてきた。専門学校を出てからずっとこの仕事をしているが、こんなことは初めてだった。

警察に通報しようか……

明は仕事中は携帯を持たないことにしているので、電話のある場所まで行かなければならない。

だけど一番近くの子機がある場所は服が落ちている方向とは真逆だ。電話をかけに行っている間に何かあったら……

いや、やはり電話を……

逡巡《しゅんじゅん》している間に、心臓どころかこめかみの拍動《はくどう》すら感じるようになって、眩暈《めまい》がしてきそうだった。

よし。

明は決意を固めた。すーっと大きく息を吸ってから、まっすぐに服を追って進む。

ふと、前方から音がした。

バスルーム？　水の音？

真城さんが何かされていたらどうしよう……

変なファンに捕まって水責めとか……

怖いと思う反面、そんな妄想ばかりが膨《ふく》らんでいき、明はもう何も考えられずに、思い切ってバスルームのドアを開けた。

そこに真城はいた。しかし真城以外、誰もいない。

「え？」

「え！」

明と真城はほぼ同時にどこか間の抜けた声を出し、その場で見つめ合った。

「君は……」

先にまともな言葉を発したのは真城だった。

「そんなに俺の裸が見たいのか？」

裸？　何のことだろう？

明は事態が呑み込めなかった。

このバスルームには変なファンなどいなかったし、裸の真城が頭からシャワーを浴びているだけで……

シャワー……。裸……。あっ、裸……

「きゃ、きゃあっ！」

明の目の前にいるのは、その顔と同様に美しい肢体を惜しげもなくさらした真城だ。

「何がきゃあだ。叫びたいのはこっちだ」

そう言いながらも、真城は恥ずかしがるわけでもなく裸で堂々としている。

「ご、ごめんなさい。でも……、だって……」

彼があまりにも堂々としているせいか、今さらドアを閉めるとか顔を覆《おお》うとかするのもなんだか癪《しゃく》だ。でも、だからといって、裸の男の前で平気でいられるわけがない。

横を向いて視線を天井に向ける。

「だって、なんだ?」

真城は今や腰に手を当てて、明をおもしろそうに見つめている。

「あの、変なファンに襲われたかと……。あの作品の続きを書けとかって言って、水責めにでもあっているかと……」

言い訳にしか聞こえないかもしれないけれど、実際そう思ったのだ。以前読んだ小説に、そんな内容のものがあった。だから素直にそう答えたのに、豪快に笑われた。

「そうやって笑っていますけど、このお屋敷にはまともなセキュリティーもないし、門の前にはいつもファンがいるし……。そこに変な人が交じってたらどうするんですかっ」

「いつもファンがいるわけではないけど? それに変なのがいたとしても、美人なら歓迎だけど?」

そんな風に混ぜっ返されて、明はカチンときた。

「そういう問題じゃないです。だいたい真城さんの服が廊下に点々と落ちているから、何かあったのかと思ったんじゃないですかっ！　シャワーを浴びるなら普通に脱衣場で脱いでくださいっ！　なんですか、まるで子供みたいにっ」

「あー。ちょっと気分転換に裏庭に出ようと思ったんだけど、途中で気が変わって……」

子供みたいと言ったのが気に入らなかったのか、それとも自分でもそうだと思ったのか、真城はぼそぼそと言い訳めいたことを口にし始めた。

「はいっ？　途中で気が変わったのと、服をあんなふうに脱ぎ散らかすのと、どういう繋《つな》がりが？」

「だから、そういう気分だったんだ。今すぐシャワーを浴びたい。すぐに服を脱ぎたい。脱衣場まで行って脱ぐより、脱ぎながら行った方が早い。その結果だ」

言われて明は、そういえば……と、ここ数日の細かいことをあれこれ思い出した。

階段の踊り場にある花台にコーヒーカップが置かれていたり、トイレの前に雑誌が落ちていたり。

『コーヒーを飲みながらどこかの部屋に移動しようとして、飲み終わったから手近の台に置いた』

『トイレの中で雑誌を読み終えてしまい、持って帰るのが面倒になって放り出した』

明がやんわりと理由を聞いた時に真城から返ってきたのが、そんな答えだったのだ。

それだけではない。

お茶を持ってきてくれと言われて入った彼の仕事場も、本当にひどい散らかりようだった。明から見れば、もはや魔窟《まくつ》のレベル。

とても自分と同じ人間とは思えない有様だった。

L字型の大きなデスクの上に、なぜかデスクトップとノート、二台のパソコンが置かれていて、小さな液晶テレビも載っていた。

さらにそれらの前には、画面が半ば隠れるほどの大量の資料や本が開いたまま乱雑に積まれていたりした。

床も、靴下やシャツ、雑誌や紙の類《たぐい》で、やはり半分くらい埋め尽くされていた。掃除はするなと言われているが、せめて物を片付けるくらいはしたい。

そう思っていたのに、その時はお茶を置いたらさっさと出て行けと言われてしまった。

真城はとにかくだらしない。無頓着《むとんちゃく》で面倒くさがりで、部屋が散らかるのもそのせいだろう。使った物をいちいち元の場所に戻すのすら面倒だと感じているらしい。明との契約を郵送で済ませたのも半分は面倒だったからだろう。

いろいろと思い出したとたん、さらに腹がたって明はまくしたてる。

「その結果？　って、真城さんの思いつきの行動や面倒くさがりは度を超えています！

部屋の中だって散らかり放題だし、せっかくの書庫だって……」

「散らかっていても死にはしないだろう？　誰に迷惑をかけているわけでもないし」

子供かこの人は？　言い訳するにしても他に何かあるだろう。

呆《あき》れと怒りと驚きと、あらゆるものが重なって、明は大声を出していた。

「子供みたいなこと言わないで、ちゃんとしてください！」

明の声がバスルームにこだまする。エコーマイクで怒鳴った時のような反響だ。

「本当に真城さんって顔だけの人なんですね。中身は正反対だわ。ファンがあなたの素《す》を知ったら、さぞがっかりするでしょうねっ」

「そうでもない」

真城は首を振る。

「は？」

「惚れられて困る。だから女性の家政婦はもう雇わないと決めた。俺が散らかせば散らかすほど、嬉々《きき》として俺の周りをうろついて片付け始める……。いや、そういうのを俺にまとわりつく口実にしていたみたいだ。邪魔で仕方ない。集中して原稿が書けないじゃないか」

「えっ……」

そういうことだったの？　俺に惚れるなってさんざん言っていたのは……

「君にも惚れられたら困るから、世話を焼かれないように少しは片付けるようにしていたが、もう限界だ……。ストレスがハンパないんだ……」

ここ数日、やたらあちらこちらに物が散らばり始めたのはそういう理由だったのかと、明は唖然《あぜん》として真城を見つめる。

が、すぐに慌《あわ》てて目を背けた。

まだ真城が裸だったことを忘れていたのだ。

「でも、君が俺に惚れるそぶりは、今のところないしな……」

「あ、当たり前です……。顔だけしか取り柄のない人だと思っていますからっ……」

言い過ぎかと思ったけれど止まらない。

「最初から気に入りませんでした、真城さんのこと。なんだか傲慢《ごうまん》でがさつで、顔だけだわ、本当にっ！」

優しいところもあると感じたのは気の迷いに違いない。自分にそう言い聞かせて明は続ける。

「真城さんのこと、好きになんてなりませんっ」

「なら……、安心なわけだ……」

そう言いながらすっと真城が近寄ってくる。すると彼の身体が明の身体とほとんど密着した状態になる。

「な、何？」

彼の下半身が触れたような感触に、鼓動が大きく跳ね上がった。

「何って何？」

意地悪い微笑みを浮かべた真城に聞き返された。

彼の顔が目の前に迫る。

綺麗な顔だ。顔だけなら本当に物語の中の王子様そのもので……

誰の作品だったか忘れたけれど、確かこういうシーンがあったなと思い出した。

こんな風に迫られて、告白されて……。まさか……

明は知らずにごくりと唾を吞み込んでいた。胸も苦しい。息もできない。

そして脳裏には……


『ほんとのこと言えよ、俺が好きなんだろ？』

『嫌いよ、あなたなんて』

『嘘つけ……。俺が君を好きになったんだから、君も好きなはずだ……』

『絶対にないわ。そんなの……』

『じゃあ、その唇に聞いてみようか？』

真城とのそんなやりとりが繰り広げられていて……

真城の唇が近付いてくる。想像通りの展開に思わず目をつむる明。

なんで？　なんで私目をつむってるの？　こんな男、趣味じゃないのに……

このままキスされてもいいの？　どうしよう。駄目だ、という思いが複雑に絡《から》み合って、明はますます追いつめられる。

真城の息が唇の端にかかる。それだけでぞくぞくとした震えが全身に広がる。彼の腿《もも》が押しつけられる感触も今度ははっきりと感じられた。

目を開けられないから、彼がどんな表情をしているのかはわからない。けれど、なんとなく口元に笑みを浮かべているんだろうな、とは思う。

そんなことを思い浮かべている間に、唇に何かが当たった。

キスされた？　と、頭が一瞬真っ白になったけれど、触れているのは指のようだ。

シャワーで濡れている指で唇の合わせ目をゆっくりとなぞられる。まるで、今からキスをするから口を開けろと促《うなが》されているようだ。

身体がかっと熱くなって、キスをしてもらわなければ収まらないような気持ちにさえなってきた。

頭ではキスしちゃ駄目と感じているのに、身体はキスを求めている、そんな感じだ。

もうどうにでもなれ。

明は覚悟を決めて、瞼《まぶた》をさらにきつくきつく閉じた。なのに真城の唇はいつまでも降りてこない。

あれ？　と思った瞬間……

「なんか期待してる？」

耳元で囁《ささや》かれ、明はハッと目を開けた。

見上げた真城の顔は笑っている。それもとても意地悪に。

「そこ、どいてくれないと俺、着替えられないんだけど？」

わざとらしく小首をかしげた真城に、明は羞恥《しゅうち》を通り越して殺意を覚えそうになった。

「な、なっ、なっ……」

言い返したいけれど、言葉が出てこない。ただ口をぱくぱくさせてしまう。

言われてみれば、明は確かに脱衣所とバスルームの間のドアを塞《ふさ》ぐ形で立ち尽くしていた。

「このままじゃ風邪をひく。あ、それとも俺に風邪引かせて寝込ませるのが目的か？　つきっきりで看病できるからな」

「そ、そんな下心ありませんっ！」

ドン。

思わず真城を突き飛ばし、明は背を向けてその場から走って逃げた。

そして自分の部屋に駆け込み、きっちりと鍵をかける。

私、やだ……。私……

彼に何かを期待した？

キスシーンを想像してしまった自分がひどく恥ずかしい。

それどころか、キスしてもらいたいって、心のどこかで思っていた。そんな自分に腹が立って仕方ない。

あんな男、絶対に好きになるわけないのに……

あんな顔だけの男なんて……

だが、その顔が曲者《くせもの》だった。

綺麗すぎるくらい綺麗で、いくら見ていても見飽きないのだ。大げさかもしれないけれど、心が洗われるような美しさである。

それにやっぱり優しいところがあるのは否定できないし、何よりあの本……

明は書庫の蔵書を思い浮かべる。

小説の資料らしき物もあったが、真城はほとんどが趣味の本だと言っていた。そのどれもが明の好みとかぶっているのだ。だから明は仕事を忘れて読みふけってしまう。

前に読んだことのある本もずいぶんとあったが、読みたかったけれど現在は絶版で入手困難な本まで揃っていた。

元々明は、読書好きに悪い人はいないと思っている。そういう意味で考えると、趣味まで同じくする真城は、明にとってはすごくいい人になるのだ。

だから……。だから……

惹かれてもおかしくない。

でも……

明は自分の感情がわからなくなった。

なんでこんなことで悩まなくちゃいけないんだろう。

そもそも男性一人しか住んでいない屋敷で住み込み家政婦の仕事をすること自体、間違っていたのだ。いくら住むところがないからって……

今さらながら、そんな思いにとらわれてしまう。

初日にさんざん馬鹿だと真城から言われたけれど、本当に馬鹿だった。

しかし、今さらどうしようもない。

真城とは正式に三ヶ月契約してしまったし、そもそも自分の都合で仕事を辞めるのは、真城にも紹介所にも申し訳ない。

雇い主に対して変な気持ちになっています、というのはさすがに言い訳にもならないだろう。

とりあえず早く住む場所を見つければいいんだ……

「あぁ……。やだっ。私ったら……」

ドアを背にしてずるりと座り込む。その時になって、自分が真城の脱ぎ捨てた服を大事に抱え込んでいるのに気付く。

「もうっ……。何よっ！」

衝動的に床に服を投げつけ、すぐに後悔した。

物に当たっても仕方ないのに。何より服が乱雑に床に散らばっている状況が生理的に我慢ならない。

片付けたい。こんな気分の時でもそう感じる自分が間抜けな気もする。

明はため息をつきながら服を拾い集めた。

そういえば、洗濯物、取り込んだったっけ……

あれこれ考えていても埒《らち》が明かない。とにかく今は自分にできることをしよう。

こんなことで仕事を途中で投げ出すような無責任な真似はしたくない。

この服も洗濯だわ。

「よしっ！」

気合を入れて明は立ち上がった。

まず真城の服を片付け、洗濯機に突っ込んでから裏庭に出た。お天気がよかったから洗濯物はすっかり乾いている。

ガタン。

洗濯籠《せんたくかご》を足元に置き、物干し竿《ざお》に手をのばしたとたん、物音が聞こえた。反射的に音の方を振り返る。

そこには裏庭と路地を隔てる塀しかない。小さなくぐり戸がついているが、いつも使っている通用口とは違って普段はまったく使わない扉だ。

風？　野良犬か野良猫？

それとも、ファンの誰かが入ろうとした？

お屋敷街の中でも特に大きい真城邸の敷地は、周囲を六軒の屋敷に取り囲まれている。だから周囲の家と家の間を走る路地のような道を何ヶ所か抜けないと、このくぐり戸のある塀には辿り着けない。

そんな場所なので、このあたりの道をよく知らないファンがやって来るとは思えなかった。

だが、真城の裸を見てしまった原因――〝誰かに侵入されて真城が……〟という想像からまだ抜け切れていない明は、どうしてもいろいろと考えてしまう。

気にしすぎ……。きっと風か何かの音……

笑って肩を竦《すく》めた。

子供の頃から想像力がたくましすぎるって、よく言われたじゃない。

さっきだってそのせいで……

真城の裸体を思い出して明は頬を染める。

続いて、キスされるかもとドキドキした挙句、恥をかいたことも思い出して、さらに頬が熱くなった。

もうやだな、私……

少し熱を冷まそうと両手で頬を軽く叩いた。その音に重なるように、またくぐり戸の方角から音がした。

靴音だ。それもハイヒール。

「えっ？」

その音はだんだん遠ざかっていく。

頬に当てた手が自然と下がり、自分の肩を抱く格好になった。

「えっと……」

なんとなく寒気を覚えたのだ。

——誰か近所の人がくぐり戸に面している路地を歩いただけだ。

そう思い込みたかったけれど……

どの家も、この路地に面した塀に正門や通用口は設けていないのだ。

やだな……

一度気になるとどうにも落ち着かなくて、明はくぐり戸のドアノブを押して、そっと顔を出してみた。

「――――!」

あやうく声を上げそうになって、両手で口を覆《おお》う。

路地の角を、あの白いジャケットを着た女性が曲がるところだったのだ。

そういえば、あの女性を初めて見たのも、別の路地に面した通用口を出た時だ。

買い物に行こうとして慌《あわ》てて外に出てぶつかったんだった……

なんとなく背筋がぞわぞわとしてきて、明は自分の肩をさすった。

えっと……今のは見なかったことにしようかな?

怖くてそんな風に思ったけれど、そうもいかなかった。くぐり戸の路地側のノブに、紙袋がかかっていることに気づいたからだ。

「んー。プレゼント?」

怖さを払拭《ふっしょく》しようと、わざと口に出して言ってみる。

「今度は何の話の誰の台詞《せりふ》だ?」

声と同時に明の肩に手がかかる。

「きゃっ」

驚いた明はその場で固まってしまった。真城だとすぐにわかったが、まだ冷静に対応ができない。

「どうした？　驚くようなシーンなのか？」

「い、いえ……。その……」

明はちらりとドアノブの紙袋を見た。その視線に気付いた真城が紙袋を取り上げる。

「またか……」

中身を覗《のぞ》いた真城は軽く舌打ちする。

「またって……、なんなんですか？」

「プリンだ。たまにこうして置かれている」

その口ぶりからファンが勝手にプレゼントを置いていくのだとわかった。

「プリンですか……」

明も紙袋の中を覗いてみた。

ここ数年の間に爆発的な人気を得たオカノという店のプリンが十個も入っている。

一個の値段がプリンとは思えない額なのだが、これを購入するために、朝から店の前に行列ができるという代物だ。

「捨ててくれ。食べきれるものでもないし」

いつものことすぎてなんとも思っていない、とでも言いたげな真城の口ぶり。

「に……い……」

もったいないな、と思いながらも明は頷《うなず》く。

それにしても、正門ならともかく、この場所に置かれていたことに、真城は疑問を持たないのだろうか。

しかもあの白いジャケットの女性が置いていったことは間違いないのだ。それを伝えようと思ったが、ふと気になったことがあり、明は聞いた。

「あの……何かご用ですか？　なぜここに？」

「あ、いや……」

真城の瞳が揺らぐ。視線もすっと逸《そ》らされた。よく見ると、頬もなんだか薄《うっす》らと赤くなっている。

「さっきはその……」

ひょっとして、バスルームでのことを謝ろうとしているのだろうか。

あんなに傲慢《ごうまん》だったのに、堂々と裸を見せ付けるようにしていたくせに、謝りたいだなんて……

照れた様子の真城がかわいらしかった。もじもじしていて、まるで少年のようだ。外見の若々しさに妙にはまっている。

「さっきは？　何ですか？」

なんだかからかいたい気分になって、明はわざととぼけてみせた。バスルームであれこれ言われたり、されたりした仕返しだ。

「だからさっきだ、さっき……」

真城の顔がさらに赤くなっている。素の色が白いだけにとても目立つ。

「とにかく……」

そこでいったん言葉を切って、真城は怒ったような表情になった。

「悪かった」

ひどく早口な上に聞き取りにくい声で呟《つぶや》き、ますます顔をしかめる。明はつい笑ってしまう。それにやっぱり、なんだかかわいいと思えた。

「なんだ？　何がおかしい？」

もはや真城の顔は真っ赤だ。

「ご、ごめんなさい。つい……」

「だから、つい、なんなんだ？」

ちゃんと言葉を返そうと思うのだが、明は笑いを引っ込められない。

「もう、いいっ」

本格的に怒ったのか、照れがピークにきたのか、真城は持っていた紙袋を明に押し付けた。

「とにかくこれを始末してくれ」

そして、そのままスタスタと歩き出す。

「あ、待って」

紙袋を渡されて、ようやく明は笑いを引っ込めた。大事なことを思い出したのだ。

「あの、これ、このプリン持ってきたの、たぶん、いつも白いジャケットを着ている女性なんですけれど……。このくぐり戸って、わかりにくい場所にあるのに。その……」

ぴたりと真城の足が止まった。

「気味が悪いし……。えっと、その……」

白いジャケットの女は、何度もこの屋敷まで足を運んで、周囲をうろつき回った結果、このくぐり戸を知ったのだろう。

なんとなくそこに執念みたいなものまで感じて、ぞっとしてしまう。

明はその気持ちを自分なりに真城に説明してみた。

「真城さんは前に、相手にするなっておっしゃったけれど、何か一言、彼女に対して言っておいた方がいいんじゃないかなって……」

「必要ない」

肩で大きく息をしながら、真城が振り返った。

「必要ないって……」

「何を言ってもあいつは聞く耳を持たない。無視するのが一番だ」

前に文句の一つも言ったのだろうか。その結果、無視が一番という結論に至ったのかもしれない。

真城の口ぶりからはそれが窺《うかが》える。

しかし、明は納得がいかない。

「でも……。気持ち悪くはないんですか？」

食い下がってみたが、真城は軽く眉をひそめただけだった。

「とにかくあいつにはかまうな。いいな」

それだけ言うと、真城はさっさと屋敷の中へ入ってしまった。

明はしばらく呆然としていた。

そんなにあの白いジャケットの女と関わりたくないのだろうか？　何かよほど嫌なことがあった？

聞いてみた方がいいかもしれない。けれど……

自分はそういう立場ではない。

あくまでもハウスキーパー。家政婦なのだ。

勤め先の家の事情に口を出してはいけないし、詮索《せんさく》してもいけない。それが決まりだ。

真城があ言うのだから、明は従うしかない。

バスルームでの件を照れながら謝ろうとしてくれたり、誠実で優しい一面も持っている真城だが、頑固でもあるようだ。
これ以上はもう聞かないようにしよう。
彼に気持ちよく仕事をしてもらうためにも。
明は消化不良気味の気分を抱いたまま、一人頷《うなず》いた。

4

リビングから中庭に続くテラスに雑誌が落ちていた。テラスに置かれたベンチの上には枕。庭履き用のサンダルが、左右ばらばらに脱ぎ捨てられている。

この屋敷に来て一ヶ月。もう見慣れた光景だ。

明は苦笑しながらそれらを回収し、今はリビングでテレビを見ている真城に声をかける。

「真城さん。雑誌と枕くらいはせめて部屋の中に入れてください。雨が降ってきたらどうするんですか？」

「んー？　雑誌はもう読んだから捨てればいいし、枕だって洗うなり干すなりすればいいだろ？　いや、別に新しいのを買ってもいいし……」

何を言ってるんだという顔で、真城は明を見返した。

「それ、余計な手間がかかるんですよ。わかります？　それにある物を買うなんてもったいない！」

「ああ、はいはい」

ソファに寝転がり真城は手をひらひらさせた。もうどこかへ行けというジェスチャーだ。

「だいたいそうやってソファに横になる時だって、部屋が綺麗な方が気持ちよくありませんか？」

「いや。別に……。というか君は本当に綺麗好きだな」

あくびをかみ殺したような声で真城は言う。

「違います」

思わず否定してしまう。

「は？　違う？　わけがわからない」

「わけがわからなくても結構。だって、私が好きなのは掃除ですから。その結果、綺麗になっているんです」

「えーと……」

目を何度か瞬《しばたた》いて、真城は困惑するような表情を浮かべた。

「真城さんも一度掃除をしてみればわかります。でも、ちゃんと手順通りにやってください ね。いきなり掃除機をかけるのは駄目です。あと……」

「あー。もうわかったから」

真城は耳にわざとらしく手を当て、聞きたくないというポーズを取った。

「もうっ」

つい明は口を尖《とが》らせてしまう。しかし、まだ言いたいことがあった。

「言い忘れてましたけど、昨日は靴下が玄関に脱ぎ捨てられていました。いくらなんでもだらしなさすぎです」

真城は週に一、二回、近所のフィットネスクラブに通っている。そこで泳いだり、スカッシュをしたりしているのだが、帰ってくるなり履いていた靴下を靴と一緒に脱ぎ捨てるのだ。

一度やんわりと注意したのだが、馬の耳に念仏だった。

今日こそはしっかり伝えようと思い、腰に手を当てるお説教のポーズまでしてしまったが、真城はうんざりとした顔を隠そうともしない。

「君は俺の母親か？　口やかましい。あれは駄目、これは駄目って……。日野さんは俺の好きにさせてくれていた。靴下が脱ぎ捨てられていようと、妙な場所にカップが置かれていようと、何も言わずにただ片付けてくれた」

妙な場所って、自分でもそんなところに置きっぱなしにしてるっていう自覚はあるんだ。

頭の片隅でそう思いながら、明はため息をついた。

「まあ、俺の部屋に勝手に入ってきて、あれこれ世話を焼こうとしないだけ、今までの繋《つな》ぎの家政婦よりはマシだけど……」

真城はそう言って苦笑する。

「いや……。そうでもないか？」

「はい？」

思わず明は聞き返す。

「今までの人たちは、みんな黙って俺の散らかした物を片付けてくれたからな。俺に説教はしなかった」

どっちがマシなのだろう、と真城が呟《つぶや》く。

「部屋に入られるよりはマシか……。黙って片付けてやったから、それを部屋に持ってくるのも当然。みんな、そんな顔をしていたしな。挙句にお茶はいらないか？　少し休憩したらどうだ？　なんてことを言って俺の背後に立っていた……」

これまでのことを思い出したらしく、真城は肩を竦《すく》めて首を振った。

そうやって明の前任者たちは、真城と少しでも近付きたいと思ったのだろう。

そういえば、みんな俺に惚れるから今度は男を雇うつもりだったと言っていたっけ。

でも……、と明は思う。

その中に好みの女性はいなかったのかしら？

恋人がいる気配もまったくないし……

実は女性が嫌い？

けれど、あのバスルームでの一件を思い出すと、女性が嫌いなようには見えない。

あの白いジャケットの女性だって、彼はあまり語らないけれど、実は元カノかもしれないし……

付き合ってみたら変な人だったから、しばらく彼女は欲しくないとか……

と、そこまで考えてから明は慌《あわ》てて首を振る。

やだ……。どうして私、真城さんの女性関係を気にしてるの？

「なんだ？　いきなり首を振って？」

ソファに寝そべったままの真城が、不可解な物を見たという顔で、明を見上げてきた。

「な、なんでもありません」

そう答えたけれど、顔が赤くなりそうで不安だった。だから、思いっきりしかめっ面をして言ってやった。

「前の家政婦さんの話なら、もう二度目ですよ？　勝手に部屋に入ってきてあれこれ言われるって話」

「そうだったか？」

少しばつの悪そうな顔をして、真城は目を伏せた。

どことなく寂しそうなその雰囲気に、明は言わなければよかったと後悔する。

それと同時に、前に働いていた家の老婦人を思い出した。

彼女はお年寄りにありがちな、何度も同じ話をするタイプのおばあさんだった。年を取ると一度話したことを忘れてしまって、同じ話を繰り返すことが多いという。

しかし明は、もしかしたら忘れているわけじゃないのかも、と思っていた。

そのおばあさんは一人暮らしだった。だから誰かと会話をしたくて仕方がなかったのだろう。けれども普段、人と会うことの少ない、刺激のない生活を送っているから話題が少なくなってしまい、結果として同じ話を繰り返すのではないか。

明は老婦人を見ていてそう感じたのだ。

だから……

真城も誰かと会話をしたかったのかもしれない。

普段は仕事部屋にこもって、誰とも話すことなくひたすらパソコンのキーボードを叩いているのだ。思いっきりおしゃべりがしたい時だってあるだろう。

真城は一見口数の少ないタイプに見えるが、意外とおしゃべりだ。最初は自分が欲しい時に食事を作れ、と言っていたが、最近は夕食だけでも時間を決めて明を同席させ、何かと話をするようになっていた。家政婦の本来の仕事からは外れるが、求められれば断る理由もない。

なのに、私ったら……

明は申し訳なさでいっぱいになって黙り込む。

そんな彼女を見て真城は言い訳するように続ける。

「だけど、まだ他にもあったんだ。門前にいるファンたちと喧嘩をしたり、取材先にまで付いてきてマネージャーだと言い張ったり、中にはいきなり両親に会ってくれと言い出したりする奴までいて……」

「それは……っ」

明は絶句した。

そんな人たちばかりでは、もう女性の家政婦は嫌だという気持ちもよくわかる。

「でもまあ……俺も悪かったのかもしれない」

何が？　と聞く前に真城はまた口を開く。

「誤解されるような真似をしたつもりはなかったが……何かと話しかけてしまっていた……」

やっぱり誰かと話したいって思っていたんだ……寂しかったのかな……

「えっと、あの……」

実際にどことなく寂しそうにしている真城を放っておけなくて、明はとにかく思いついた話題を振ってみる。

「その、書庫なんですけれど、少し整理してしまいました」

勝手なことを……と怒られるかもしれない。でもやらずにはいられなかったのだ。

「すみません。勝手に……。整理しますって言おうと思ったんですけれど、午前中にやってしまいました」

ぴくり、と真城の眉が動いたが、彼は何も言わず、明の次の言葉を待っているようだった。

「私、あの……それで、ええっと……。著者名順にするか、ジャンル順にするか悩んだんですけれど……」

もう少し別の話の方がよかったかもしれない。

やはり勝手なことをして、と不快に思ったのだろうか？

何も言わない真城に明は不安を覚えた。

明だって真城に聞いてから手をつけようと思っていた。だが今朝書庫の掃除をしているうちに、どうにも我慢できなくなったのだ。

許可を取ろうにも、彼はたいがい午前中は寝ている。朝きちんと起きる規則正しい生活をしたらどうかと一度は言ったのだが、俺は俺なりに規則正しい生活を送っている、と返されてしまった。

毎日、午前四時か五時に寝て昼頃起きる。これは立派に規則正しい――というのが彼の言い分だ。

だから起こしに来なくていいし、それを理由に寝室に入るなとも言われた。彼から呼ばれない限り、部屋には入らない約束なのだ。

しかし、それを言い訳にはできない。

明は彼が起きるのを待たずに、勝手に整理を始めてしまったのだから。

軽く掃除、のつもりが気付いたら分類・整理までしていた。本を読みふけって他の仕事を忘れてしまうよりはマシだったけれど……。

「悩んだ末に、国内ミステリー、国内ホラーとSFファンタジー、純文学、歴史時代小説、外国文学、評論の著者名順にしたわけか」

真城はかすかに笑みを浮かべ、ソファの下に置いていた本を取り上げて明に見せた。

「あ……」

「さっき書庫に入った。この本、俺が置いたはずの場所になかったけれど、一目見てどう分類されているかがわかったから、探すのは楽だった」

そう言われてホッとする。

いくら本好きの明とはいえ、書庫の中には読んだこともなければ、タイトルさえ聞いたことのない本もあった。

それらも含めて、あらすじとタイトルから判断しジャンル分けをしたのだ。だから正しいかどうか、少し不安だった。

「真城さんが今持っている本……。実は悩んだんです。何のジャンルかなって……」

明の言葉に真城は一つ頷《うなず》いて、ページをパラパラとめくった。

「だろうな。あらすじとタイトルだけ見るとハードボイルドに見えるけれど、実際はホラーなんだから。よくわかったなホラーだって」

真城に褒められている？

明の気分は高揚する。口が悪くて怠惰《たいだ》で、いいところといえば顔だけ。絶対に好きなタイプじゃない、と思っている相手からでも、やはり褒められると嬉しい。

「だって、その作家さん、確かホラーが得意なはず。デビューもホラー系の大賞だったから、もしかしてって思って携帯で調べてみて……」

そう答えると真城はわずかに目を見開いた。

「君は、本当に読書家なんだな。馬鹿だと思っていたけど、少しだけ撤回しよう」

「少しだけって、なんなんですか」

つい頬を膨《ふく》らませてしまい、真城に笑われた。

「やだ。笑わないでください。ひどいなもう」

また頬が膨らんでしまう。

「かわいいところもあるんだな」

柔らかく微笑みながら言われ、明は真っ赤になった。

なんだか調子が狂う。

「わ、私、まだ仕事が……。玄関の掃除……」

明は早口でそう言うと逃げ出すように廊下へ出た。

「待って……」

後ろから真城の声が追いかけてきた。同時に腕を掴《つか》まれる。

真城の方にくるりと身体を回され、そのまま廊下の壁に押し付けられた。

え……え？

何？　何？　これ……『壁ドン』？

そう意識したとたん、明の鼓動が跳ね上がった。首筋のあたりからじわりと赤くなるのが自分でもわかる。

実際には『壁ドン』ではない。

真城の右手は明の手首を掴んでいるし、左手は自然に下ろされていた。ただ、明の背中が壁についているだけ。それほど密着しているわけではない。

なのに、ドキドキと胸が高鳴ってしまう。

彼の体温を感じる。吐息も聞こえてきて、それだけで眩暈《めまい》がしそうになる。

掴まれている右手からもじわじわと何かが伝わってきて、明は落ち着かなくなった。

そんな明を真城は目を細めて見つめ、口元を少しだけ綻《ほころ》ばせた。

「あの、あの……」

「ん？　何？」

くっ、と真城は笑い、下ろしていた左手を明の顔のあたりにスッと伸ばしてきた。

あ……これ……

キスされる？

てっきり真城の手で顎《あご》を掴《つか》まれて顔を上げさせられるのだと思い、明はぴくりと肩を揺らして、咄嗟《とっさ》に目をつむった。

だが、その想像を裏切るように真城の手は明の顎ではなく肩に触れ、すぐに引っ込められた。

「その反応……。何をされると思った？」

笑いを含んだ声で言われて、明はハッとして目を開ける。

「ま、真城さんこそ、何の用だったんですか」

笑われた悔しさと恥ずかしさで、耳まで赤くしながら明は俯《うつむ》いた。

「虫だ」

「え？」

「君の肩に虫がついてた」

真城は何かを握りこんだ右手を明の目の前に突きつける。その中に虫が入っているのだろう。

「え、え？　やだっ」

たった今まで身体を熱くしていたが、虫だと聞いて一気に悪寒《おかん》が走る。

明が止める間もなく、真城は握りこんだ右手をぱっと開いた。

「……っ」

一瞬、悲鳴が出掛かった。けれど手の中の虫は気味の悪いものではなかった。

「あ……てんとう虫……。さっき庭を掃除していたから……」

真城の掌《てのひら》をかわいらしいてんとう虫が歩いている。思わず指でちょんとつつくと、てんとう虫は彼の指先に移動して、そのまま飛び立った。

ほっこりした気分になって、飛んでいった方向をしばらく見つめる。

「なんだと思った？」

くすくすと真城が笑う。

「え、何って……」

「君は本当に想像力が逞《たくま》しいんだな。今も一気にいろいろなことを考えていただろう？」

たぶん、真城は虫以外のことも含めて言っているのだろう。

「もう……なんだっていいじゃないですか。……そういえば、『てんとうむしとぼく』っていう、児童向けのファンタジーがあって……」

明は話題を変えてみた。なんとなくこのままだと本当に『壁ドン』されそうな気がしたのだ。

「ああ、あれか……。児童書に分類されるけれど、大人もけっこう読む。俺も読んだ。かなりおもしろかった」

ふふ、と真城は笑った。

「ですよね」

明も微笑む。

「あの、主人公の男の子が……」

つい、勢い込んで感想を言おうとしたが、真城がまた笑いながら首を振った。

「君の話を聞いていたいけど……」

そう言われ、明はしまったと口を噤《つぐ》む。

「これから打ち合わせで出かけるんだ」

「あ、はい。ごめんなさい」

話の腰を折られて少ししゅんとなる。

けれど、真城の都合も考えずに、だらだら話をしようとした自分が悪いのだと反省もする。

本に関することとなるといつもこんな感じでまくしたててしまうから、周囲の人たちから呆《あき》れられるのだ。

「それと、暇な時で構わないから、納戸《なんど》に置いてある段ボールの中身も整理してくれないか？」

「はい。わかりました。でも今日はできません。これから庭の植木の剪定《せんてい》をする予定なので」

「うん。だから暇な時でって……」

真城は苦笑する。

「それにしても庭木の剪定？　君はそんなことまでできるのか？」

「見様見真似《みようみまね》です。前に庭師さんのお宅で仕事をしたことがあって……」

「じゃあそれを頼むよ。あ、それから今日は夕飯はいらない。外で食べてくる」

夕飯はいらないと聞いてがっかりした。今日はすき焼きにしようと思っていたからだ。一人ですき焼きを食べても楽しくないし、おいしくない。

「帰りはそんなに遅くはならないとは思うけど……。戻ってきたら、さっきの話の続きでもしよう」

それだけ言って真城は自分の部屋へ戻った。

え、今なんて……？

さっきの話の続き？　呆れていないの？

明の心に温かい何かが広がった。

この屋敷に来て以来、口の悪い嫌な奴と真城に腹を立てていた日もあった。けれど、実際は不器用なだけで根は優しい人だということを明は既に知っている。

寂しがりで子供みたいで……

お互いにいつも憎まれ口をきいているけれど、ここのところ、明は彼と話すことが楽しくなっていた。今日も少しだけれど、真城と本の話ができて嬉しかった。しかも帰ってきたら続きを話そうと言ってくれた。

なんというか、天にも昇りそうな気分だ。

やだな……。私……

なんかこれって、恋みたいじゃない？

そう意識したとたん、目の前に真城がいるわけでもないのに、胸が苦しいくらいに高鳴った。

＊　＊　＊

やっぱりご飯がおいしくない。

一人で夕飯を食べながら明はため息をついた。一人なのですき焼きはやめたのだが、すき焼きだったとしても多分おいしくなかっただろう。

ここに来てから今まで、明一人だけで食事をすることがなかったわけではない。真城が部屋で取っていたり、誰かと外食したり……。なのに今日はやけに寂しいと感じる。

真城は今夜、誰と食事をしているのだろうか。打ち合わせと言っていたから、おそらく相手は編集者だけれど、だとすると何を食べているんだろう？

そこまで考えて、明はハッとした。

って、やだ私……

彼のことは好きにならない。好きになるはずがない。そう思っていたのに、こんな気持ちになるなんて……

どうかしている。

そう思った矢先、玄関のドアが開く音が聞こえた。

真城だ。真城が帰ってきたのだ。

明は浮き立った気分でダイニングテーブルから立ち上がり、玄関へ向かう。

「お帰りなさい」

明は満面の笑みを浮かべて真城を出迎える。

「ん。ただいま……」

そう応《こた》えた真城も笑顔になって明を見つめる。それから靴を脱ぐのももどかしそうに上がってくると、明に紙袋を差し出した。

「なんですか？」

「君にお土産《みやげ》」

「えっ」

とくん、と胸が鳴る。

「何かな？」

真城の手から紙袋を受け取る時、彼の指と明の指が、一瞬触れ合った。ただの偶然だ。けれど、鳴り始めた胸の鼓動が急激に速くなる。

「えっと……」

彼の指の感触がまだ残っている。それが妙にくすぐったい上に、なまめかしい。頬が赤くなった気がして、明はそれをごまかすように紙袋の中身を覗《のぞ》いた。

「え？　あっ……」

中には本が詰まっていた。文庫や新書。ケースつきのハードカバー。それらが無造作《むぞうさ》に入っている。

「本……」

「今日、出版社の人と会っていたから、君の好きそうなジャンルの本を何冊か見繕《みつくろ》ってもらった。あ、俺が他の書店で買ったのも交じっているけれど……。書庫にある本は古いものが多いから、最近の物も読みたいんじゃないかって思って……」

「あ、ありがとう……」

嬉しくて上手く言葉が続かない。

真城がわざわざ明の趣味に合う本を買ってきてくれたのだ。出版社の人に見繕ってもらったものもあるようだが、それだって明好みの物を指定してくれた。

出かける前に「戻ってきたら、さっきの話の続きでもしよう」と真城は言った。その時も嬉しいと感じたけれど、今はそれ以上だ。と同時に、真城がどんな本を持ってきてくれたのかが気になってたまらない。

ここが玄関で、帰ってきたばかりの真城がそこにいるというのも忘れて、その場に座り込むと、紙袋の中の本を取り出して一冊一冊見ていく。そして裏表紙に書いてあるあらすじや、帯の文句を読み始めた。

「おい。そんな所で……」

「すみません、ちょっとだけ……」

呆《あき》れた感じの真城の声が頭の上から降ってくるが、明の耳にはもうほとんど届いていない。生返事をして、一冊の本を取り表紙をめくっていた。

身体が痛い……

明は不快感を覚えて目を覚ました。

「えっ？　あれ？」

目を開けると目の前にはページが開かれたままの本。そして磨き抜かれた床が広がっている。

「ええーっ」

やだ。私、寝ちゃってた……

明は自分が玄関ホールの床に蹲《うずくま》るようにして寝ていた事実に愕然《がくぜん》となった。

真城からもらった本をほんのちょっと見るつもりが、そのままここで読みふけって、いつの間にか眠ってしまっていたのだ。

もうっ……なんて間抜け……

慌《あわ》てて身を起こすと、肩から何かが滑り落ちた。

「ん？　あっ……」

明は目を瞠《みは》り、落ちた物を拾い上げた。真城のサマージャケットだ。

真城さんが私に……

玄関ホールで寝入ってしまった明のために、かけてくれたのだとわかった。タオルケットなどをわざわざ持ってくるのではなく、着ていたジャケットというところが、とても真城らしかった。明は思わず微笑む。

どんな顔をしてこれをかけてくれたのだろう、と彼の顔を思い浮かべ……

その瞬間、不意に胸がきゅんと締め付けられるのを感じた。握りしめたジャケットから、ほのかに彼の汗の匂いがして、明の胸は切ないような疼《うず》きを訴える。

私……私……。まさか……、真城さんに……

「よかった。目が覚めたか」

その時、背後から真城の声が聞こえた。

「え、はいっ」

床から勢いよく立ち上がり、明は振り返った。

その様子がおかしかったのか、真城はくすくすと笑っている。

「君は元気だな」

「はい、それはもう。元気だけが私の取り柄《とりえ》で……」

なぜだかまともに真城の顔が見られない。それに、ただ話しかけられただけなのに、顔や身体が火照《ほて》ってきて、明はうろたえた。

「ふん。っていうことは心配して様子を見に来た俺が馬鹿ってわけか」

「馬鹿だなんて……。あの、ありがとうございます」

ぺこりと頭を下げる。こうしていれば彼の顔を見なくても済むし、赤くなった自分の顔も見られないで済む。

「だけど……、もうそんな場所で本を読んで寝るのはやめてくれ。もし冬だったら、いくら元気な君でも風邪を引くだろうし……。昔、この場所ではないけれど、君のように本を読みながら目を閉じて、二度と目を開け……」

そこまで言った真城は、一瞬苦しそうな顔になってから首を振った。

「ああ、いや……。なんでもない。今のは忘れてくれ」

「は、はい……」

誰か本を読みながら亡くなった人を知っているんだろうか？　真城の口ぶりだとそんな感じだったけれど……

「とにかくちゃんと部屋で休め」

真城にいきなり手を握られ、そのまま引っ張られた。

「え、ええ？　ちょっ……」

ぐいぐいと力強く手を引く真城に戸惑いつつも、後をついていく。

「あの……。本が……」

玄関ホールの床には本が何冊も出しっぱなしになっているのだ。きちんと片付けないと。

そう思っているのに、真城の手は明の手をしっかりと握って離してくれない。

「そんなの明日でいいだろう。それより君の身体の方が……」

私を心配してくれている。身体を気遣ってくれている。

そう意識したとたん、また明の全身が火照《ほて》った。彼に握られた手から甘い物が心臓めがけて駆け上ってくる。

心や頭が熱く燃え盛《さか》り始める。

あ、私……。私……。

その先は考えたくないような、でも答えを出してしまいたいような、そんな複雑な気持ち。

明は激しく鳴る心臓の音を聞きながら、真城に手を引かれるままに歩いて行った。

＊＊＊

「また雑誌」

明は、この間、真城に頼まれた段ボール箱の整理にようやく取り掛かっていた。そしてつい独《ひと》り言を漏《も》らしてしまう。それも呆《あき》れ混じりの声で。

納戸《なんど》の中に段ボール箱がいくつか置かれていることは、前から知っていた。といっても勝手に片付けるわけにもいかず、納戸の中で動くのに邪魔にならない程度に場所を移動させただけだった。

その時も重いとは感じていたが、中を開けてみれば、どの箱にも雑誌が詰まっていたのだ。重たかったわけだと、明は納得した。

案の定、真城は雑誌もまったく整理していなかったらしい。すべて読んだのか、未読なのかはわからない。ただ彼はとりあえず段ボール箱に入れておいたのだろう。

判型も号数もばらばらだ。中には出版社の社名入りの封筒に入ったものもあり、おまけに封すら切られていなかった。

本当に横着なんだから……

段ボール箱に入れるのすら面倒くさいと思いながら突っ込んだのだろう。そんな彼の様子がありありと目に浮かんできて、明はくすりと笑う。

とりあえず、封がされたままのものを全部開けてと……

明は作業に取り掛かった。

「あれ、これ……」

出版社から届いた雑誌のほとんどが、真城の特集や、インタビューなどが掲載されている女性誌であることに気付いた。

普通こんな雑誌に載ったら、どんな記事になったのか、気にして読むんじゃないだろうか？

明はつい、そのうちの一冊を手に取った。

読もうとしてページをめくり、まずい、と一瞬手を止める。

きっと、また読みふけってしまう。だが、真城は整理しろと言ったのだ。書庫の本のように、ある程度読まないと分類・整理ができない。

だから読んでもいいよね。

と言い訳して、明は結局それらの雑誌を読み始める。

しかし、内容は女性誌らしく、趣味の話や真城の日常生活についての話題ばかりだ。好きな色や花、食べ物などについてあれこれ書かれている。そして、メインは恋人の有無や彼の恋愛観についてだった。

だが、そのあたりの話題は、どの雑誌を見てもうまくごまかされている。

「ずるいな、真城さん」

なんだかもやもやした気分になって明は口を尖《とが》らせた。

真城さんがどんなタイプが好きか、過去に女性とどんな付き合いをしていたのか、私だって知りたいのに……。

私……真城さんが好きなんだな、やっぱり……。

玄関ホールで寝てしまって真城のジャケットを掛けられて以来、明はそう思わざるを得なくなっていた。

彼の声を聞くたび、顔を見るたび、心が躍るし心臓の鼓動も速くなる。

好きだからこそ、雑誌の記事が気にかかるし、もやもやしてしまうのだ。

「もうっ」

これ以上もやもやしたくなかったので、これからは真城のプライベートや恋愛ばかり詮索《せんさく》する雑誌は読まないと明は決めた。

読むからいろいろ気になってしまうのだ。

まだ手をつけていない他の雑誌も、こんな記事ばかりなのだろうか？

そういう記事構成の雑誌には、たいてい真城のアップの写真がレイアウトされていた。それもとってもおしゃれな喫茶店やホテルで撮ったものだ。

真城自身の服装もメンズゴシックだったり、白いシャツ——というよりはブラウスだったりする。

そういう服を着ていると、本当にどこかの王子様か貴族のように見える。ハマりすぎていてかえって胡散臭《うさんくさ》いという気がしないでもないけど……。彼の服を洗濯するのもクリーニングに出すのも明の仕事だが、雑誌に載っているような服は今まで一度も扱ったことがない。

だから取材する側が用意したものなのだろうと察しがついた。

少しげんなりした気分になりながら次の雑誌を取り上げた明は、目を瞠《みは》った。

この記事……

ページをめくって食い入るように読む。

女性誌ではあったが、珍しく真城の文学論や作品世界などについてのインタビューだったのだ。もちろん恋愛や女性関係に絡《から》めての聞き方だったけれど、今までの記事よりはるかに興味深く、明はじっと文字を追った。

中でも一番目を引いたのは、次のようなコメントだった。

『誰を想って書いているかと聞かれると、困りますが……。実は僕の大切な人が亡くなっていまして、その人が喜んでくれそうなストーリーをいつも考えています。その人はとても本好きな人で、元々その人に読んでもらうために小説を書き始めて、それで小説家になったようなものです。んー。結局その人を想って今も書いているということになるんでしょうかね』

その文章は明の目に焼きつき、頭に残る。

大切な人って誰？

そんな疑問も生じる。

でも、その人は亡くなっているのよね……

あ、〝本を読みながら目を閉じて――〟って、真城さん言ってたっけ……。大切な人が本を読みながら亡くなったってこと？

動悸《どうき》がしてきた。

もやもやしたものが胸いっぱいに広がって、落ち着かなくなる。

あの部屋……

不意に、真城に入るなと言われた部屋を思い出す。

一つは二階の南側にある真城の寝室。そして一階の仕事部屋。この二つには明も入っている。真城に呼ばれて荷物を持っていったり、逆に食事ができた時に呼びに行ったりした。

キッチンの奥、元々この屋敷にいた家政婦の日野さんの部屋にも最初は入るなと言われたけれど、空気の入れ替えのために窓を開けに入るのだけは許された。

残る一つ……。二階の東側の部屋。

その部屋だけは中を覗《のぞ》いたことすらない。日野さんの部屋と同じようにせめて空気の入れ替えをしたい、しないとまずい、と真城に言ったのだけれど、だったら自分がやると返された。

それ以来、あの面倒くさがりの真城が必ず窓を開けるようになった。今ではまるで日課のようになっている。

その前から、たまにそこに出入りしているのを見た覚えはあるけれど、毎日ではなかったし、時間もまちまちだったのに……

面倒くさがりで、毎日決まった行動をするのも苦手そうな彼が、一日も休まずに窓開けをしている。

少し前に誰かと会って酔っ払って帰ってきた真城が、ひどい二日酔いで寝込んだ日があった。見るに見かねて明が代わりに窓を開けに行こうかと提案したのだが、止められた。真城は具合が悪いのを堪《こら》えて自分で窓を開けに行ったのだ。明にはどうしても足を踏み入れてほしくないらしい。

それほど大切な人の部屋だってことよね……

誰の部屋？

今読んだ女性誌のどこにも〝真城に妻がいた〟とは書かれていない。が、なんとなく死別した妻の部屋なのではないかと思った。

女性好みの食器。真城しか入れないあの部屋。あれらにはきっと奥さんの思い出があって……

つきん、と明の胸が痛んだ。

自分が入ってはいけない領域がそこにある気がして。

真城を好きだと自覚したばかりなのに、始まる前に終わってしまったような感じすらする。

彼に女性の影がないのも、亡くなった奥さんをずっと愛しているせいなのだろう。

胸の痛みがどんどん広がってきて、なんだか泣きたくなった。

とんでもない恋のライバルが登場したのと同じだから。

ライバルといってもこの世にはいない。

直接障害になる相手ではない。

けれど、真城の心の中には、ずっとその人の存在があるのかと思うと、切なくて仕方なかった。

やだな私……。いつからこんな……

はあっとため息をついた時、インターホンが鳴った。

「はーい」

この場所で声を出しても無駄なのだが、ついそう返事をして、慌《あわ》ててキッチンに行く。

そこでインターホンを取り上げると、画面には制服を着た高校生くらいの少女が映っていた。たぶん真城のファンだろう。

「はい」

『あの……。真城さんに一目お会いしたくて、その……』

やはりファンだった。モニターを通して見ると外はもうすっかり暗い。この時間になっても押しかけてくるのかと、明は少しうんざりした。

ごくたまに、こうしてインターホンを押すファンがいる。もう慣れっこになったとはいえ、やっぱり困りものだ。

「生憎《あいにく》真城は外出しております。それにお約束のある方以外は、お通しすることはできません」

外出しているというのは嘘ではない。フィットネスクラブに出かけているのだ。

かわいそうだなと思ったけれど、真城からも、俺に会いたがるファンは追い返せと言われていた。

『あ、はい……。そうですよね。ごめんなさい。でもでも私、本当にファンで……。せめてお屋敷の中だけでも見せていただくなんてことは……』

ここまで言われると、さすがに同情心も消えてしまう。図々しいな、と明は苦笑した。

『えっと、それと、あなたはまさか奥さん？　真城さん独身ですよね？　それとも彼女？』

そんなことまで聞いてくる相手に辟易《へきえき》する。

「私は家政婦です。真城さんの留守をお預かりしています」

『あー。よかった。奥さんとか恋人じゃないんですね』

インターホン越しに相手のうきうきした声が聞こえてくるが、明の苦笑は深くなるばかりだ。

彼が独身で決まった相手がいないと聞いて、嬉しくなる気持ちはわかる。わかるけれど……

亡くなった人をずっと想っているのよ。それでも喜べる？

少女にそう言いたくなってしまった。

「すみません。まだ家の仕事が残っているので、失礼します」

つい、きつい声を出してインターホンを切る。

「ほんと、気持ちはわかるんだけどね……」

独り言まで出てしまった。

ピンポーン。

またインターホンが鳴る。

ああ。もうしつこい。まだあきらめていないの？

そう思いながら、インターホンを取り上げようと画面を見たが、そこには誰も映っていなかった。

「え？」

ピンポンダッシュ？

知らない人の家のチャイムを鳴らしてダッシュして逃げる子どもの遊び。さっきの少女が真城に会えなかった腹いせに、そんな嫌がらせをしたのだろうか？

念のため、明は外に出て様子を見てみることにした。

玄関から門までは少し距離がある。画面を見た時にも姿はなかったし、この距離を移動している間に逃げられてしまっているだろう。

それでも、なんとなく門の外を見ないと気が済まなかった。

大きな門扉《もんぴ》の横の通用口から道路を覗《のぞ》く。やはりもう誰もいない。

軽く肩を竦《すく》めて明は屋敷内に戻ろうとした。が、足元――正確には門の脇に紙袋が置かれているのに気付いて、はっとした。

これの中身……。まさかプリン？

中身を確かめると、思った通りプリンだった。またあの白いジャケットの女性が？

きょろきょろとあたりを見回す。

誰もいないか……と中へ引っ込もうとした時、電柱の陰に白い色を認めた明は思わずそちらへ駆け寄っていた。

「真城さん、お出かけなんですね……」

電柱の向こうから唐突に話しかけられた。

明がこちらへ来たと知って、そこにいた白いジャケットの女性が口を開いたのだ。

「え、あっ……」

明に一瞬固まった。自分から彼女に近付いたわけだし、何か言われても当たり前だ。

が、まさか、という思いがあった。てっきり逃げると思っていたのに。

「は、はい……」

女性の言葉に、つい頷《うなず》いてしまう。

「いつものフィットネスクラブかしら？」

なんでそんなことを知っているのだろうか。その疑問は顔に出ていたらしい。女はくすりと笑った。そしてまるで勝ち誇ったように明に告《つ》げる。

「私も真城さんの家政婦をしてたの。だから彼のことならなんでも知っている。あの人の好きな食べ物とか色とか……」

そういう趣味ならさっきまで読んでいた女性誌に書いてあった。だから、何も自慢げに言わなくてもいいいんじゃないか。

同時にこの人も真城さんに恋してるんだ……、という考えが湧き上がってくる。

さらに、真城さんがもう女性の家政婦は嫌だ、と言った理由の大半はこの人にあるんじゃないか――そんな考えも胸の中に広がっていた。

いや、それよりも真城が出かけていると、なぜ知っているのだろうか。真城のフィットネスクラブ通いは定期的ではない。フリータイム会員だから、思い立った時に出かけるのだ。

ひょっとしたら制服の少女とのやり取りをどこかで聞いていた？

インターホンカメラの死角になる場所に身を潜めて……

その姿を想像したとたん、明の背筋にぞくぞくと悪寒《おかん》が走る。

「元々彼は白が好きだったけれど、私がこのジャケットを着ていたら、とっても似合うって褒めてくれて……」

どこか遠くを見ている女の目が怖い。

「あの……。だからといって困るんです。これ……」

自然と腰が引けてしまう。それでも明はプリンの入った袋を女に突きつけていた。

頭の片隅に「相手にするな」「無視をしろ」と言っていた真城の声が響いている。だからこれを渡してもう逃げよう。そう思ったとたん……

「なんでよっ！」

突きつけた腕を女に掴《つか》まれた。

「きゃっ！　は、離してっ」

腕を振り払おうとしたが、うまくいかない。女は明の腕を掴んだまま、もう片方の手で袋の中からプリンを取り出し、叫んだ。

「これ、真城さんに食べてもらうまで離さない！」

プリンを目の前にかざしたかと思うと、女は明の顔めがけてそれを投げつけてきた。

「痛っ。やめてっ！」

「おいしいって言ったの、これが。私が真城さんのお世話をするのっ！　洗濯の仕方も料理も全部褒めてくれた。なのに……」

女は叫びながら、明に向かってプリンの容器を投げ続ける。その勢いで蓋が外れて、こぼれたプリンが、明の頭や顔にかかる。

女は投げるプリンがなくなると、明の身体を揺さぶりながら、今度はわめき始めた。真城に会わせろと言っているようだが、金切り声でよく聞き取れない。

「やめて、離してっ！」

明も金切り声に近い叫びを上げて抵抗するが、腕を掴《つか》む女の力は少しも緩まない。

誰か通りかからないかしら。助けてほしい。

涙を浮かべながら明は思ったが、こういう時に限って通行人はいなかった。声を聞きつけて家の窓を開ける人すらいない。

ここが普通の住宅街なら、そろそろそういうアクションがどこかしらで起こってくれてもいいはずだが、生憎《あいにく》このあたりはお屋敷街だ。各敷地の広さもあって聞こえないこともあるのかもしれない。

「やめろ。何をしているっ！」

遠くから誰かが怒鳴る声が聞こえた。

よかった。

「た、助けてください」

身を捩《よじ》って声の方を振り向く。

真城だった。

「真城さんっ！」

そう彼の名を呼んだのは、明が先か、それとも白いジャケットの女か。

「ごめんなさいっ」

正気に戻ったのか、唐突に女が土下座《どげざ》した。それを無視して真城は明に駆け寄ってくる。

「大丈夫か？」

女との間に割って入り、真城は明の肩を抱いた。その間も女はごめんなさい、と言い続けていた。さらに、嫌わないでとも呟《つぶや》いている。

「真城さん……。私……」

怖かった……

そう続けようとしたけれど、なんだかくらくらしてきて、うまく口が動かない。身体にもまったく力が入らなくなり、目の前が徐々に真っ暗になっていった。

5

嫌な夢を見て明は飛び起きた。

目の前にバケツほどの大きさのプリンを何皿も出されて、全部食べないと殺すと誰かに脅《おど》されている。そんな夢だった。

なんで私、こんな夢……

冷や汗を拭《ぬぐ》おうと額《ひたい》に手をやり、息を呑んだ。

髪がべたついている。それにひどく甘い匂いがする。

「あっ……」

あの女にプリンを投げつけられて私……倒れた？　どのくらいの間？

真城さんは……？　あの女は？

どうなったのだろうか？

慌《あわ》ててベッドから抜け出して、初めてそこが自分の部屋だと気付く。真城が運んでくれたのだろう。

明の部屋は玄関から一番離れた一階の奥にある。一階とはいえ、意識のない人間の身体を運ぶのは大変だったと思う。

それにプリンでぐちゃぐちゃになったはずの髪も、まだべたついているとはいえ、きちんと拭われていた。これも真城がしてくれたのだろう。

申し訳なさと嬉しさが一緒にこみ上げてきた。

しばらくそんな思いに浸《ひた》っていたかったけれど、そうもいかない。あのあとどうなったのか、それがとにかく気がかりだった。

明は部屋を飛び出した。玄関の方からなにやら話し声が聞こえる。来客が帰るところらしい。

私が応対しなきゃいけないのに……

「すみません」

声を出しながら廊下を小走りし、玄関方向に曲がった。

「真城さん。すみません」

真城はちょうど玄関のドアを閉めたところだった。

「気がついたか？　具合は？」

振り返ってそう言いながら、真城は心配そうな顔で近付いてきた。

「え、あ、大丈夫だと思います……」

「本当に？　いきなり倒れたから……。死んだかと思ったんだ。明日、医者に行って来い」

死んだとか、医者だとか大げさな……と思ったが、真城の顔がなんだか歪《ゆが》んでいる。まるで自分が傷つけられたみたいな顔だ。

本当に心配してくれたんだということがわかって、大げさです、とは言えなかった。代わりに明は頷《うなず》いてみせる。

「それに君は、軽い。もっとちゃんと食べろ」

「はっ？」

いきなり何を言い出すんだと、間抜けな声を出してしまった。だが、すぐに気付く。きっと真城が自分を抱いて運んでくれたのだろうけれど、その時に軽いと感じたのだろう。

明自身は意識を失っていてまったく記憶がなかったとはいえ、その場面を想像したとたんに恥ずかしくなった。ぱっと顔が赤くなる。

「なんだ？　顔が赤い……。熱でも……」

真城の手がすばやく伸びてきて明の額《ひたい》に触れた。

どくん。心臓が大きく跳ね上がる。

「あ、あの……大丈夫です。倒れたのだってきっと真城さんが助けに来てくれて気が緩んだせいだと思うし……。それより……今、お客さんが来ていました？」

これ以上触れられていると、なんだかまた倒れてしまいそうで、明は話を逸《そ》らした。

「ああ。警察だ」

真城は明の額から手を離し、やれやれといった表情で肩を竦《すく》めた。

「それって……」

「あの女と君が騒いでいるのを聞きつけた近所の人が警察を呼んでくれた」

お屋敷ばかりの町内で騒いでいる声なんて誰にも聞こえないと思っていたけれど、そうでもなかったらしい。

「それで少し事情を話した」

「それって……」

「彼女は君の前の前の前の前くらいに来てもらっていた家政婦だ」

前の前の前の前って……

真城の言い方がおかしくて、明はくすりと笑ってしまう。

「んっ……とにかく……」

自分でも変だと思ったのだろう、真城はどこか照れくさそうにして横を向いた。

「とにかくだ。今まで来てもらっていた人たちは全員俺に惚れた。その中でも彼女が一番ひどくて……。辞めてもらってからも、何かにつけて訪ねてきた」

嫌なことを思い出したらしく、真城の眉根が寄せられる。

「いくら辞めてもらったとはいえ、少しは相手をしないと悪いかと思って相手をしたら、図に乗って……」

はあっと真城は大きなため息をつく。

「それで相手にするな、無視しろ、だったんですね」

「そうだ。ストーカーというほどでもないと思ったし……。なにしろこの屋敷に訪ねてきて例のプリンを置いていく程度だったたし。外出先まで来るとかはなかったし……」

それで放っておいたのがまたいけなかったんだろうな、と真城は小さく呟《つぶや》いた。

「嫌われたくないから、もうしません。ここには来ませんって、警官に連れていかれる時に言っていたけど。本当かどうか……」

「信じてあげましょうよ」

思わず出てきた言葉だ。真城はそれを聞いて、一瞬信じられないという顔をしたけれど、すぐに微笑んでくれた。

「君は優しいんだな」

面と向かって言われると照れてしまう。また顔が赤くなりそうだったので、明は少し俯《うつむ》いて髪に手を当てた。

ごわごわしてプリンのカラメルで固まっているような感触がある。

「あ、あの私……。シャワーを……」

「ああ。すまなかった。早くさっぱりしたいよな」

廊下の真ん中に立っていた真城は、明に道を譲るようにして身体をずらした。

「今日はもう休んでいい。明日も朝一で医者へ行って、休んでくれ」

「あ、はい。ありがとうございます。でも……」

休んだら、きっとあっという間に屋敷中が散らかってしまうだろう。ふとそんな光景を思い浮かべてしまった。

「大丈夫だ。飲んだグラスはきちんとシンクに持っていくし、靴下も脱ぎ散らかさない。俺だってそのくらいはできる」

明が想像したことを察してか、真城は少し口を尖《とが》らせて言った。

「本当ですね。本当に大丈夫ですね？」

つい念を押してしまう。

「俺は子供かっ。そんなに言われなくても、やる時はやるからっ……」

今度は頬を膨らませる真城。その様子は子供じゃないと言いながら子供そのもので、明は笑いを堪《こら》えるのが大変だった。

「わかりました。では、シャワーしてきます」

ぺこりと頭を下げ、明は風呂の支度をするために一旦自室へと引き返した。

＊＊＊

バスルームのドアを開けると、もうもうとした湯気が立っていた。

バスタブにお湯が張ってあったのだ。

ひょっとして真城さんが……

ひょっとしても何も、この屋敷には明と真城の二人しかいない。

真城はいつも気が向いた時に風呂に入る。それもほとんどシャワーばかりだ。だから明もなんだか申し訳なくて、いつもシャワーで済ませていた。

前に湯船に浸《つ》かりたいと真城が言った時、これで自分もお湯に浸かれると思い、「私もすぐ後に入ります」と言った。が、浴室に行った時にはお湯はすべて抜かれていた。

真城にそれとなく、後から私が入るってわかっているのになぜお湯を抜いたのか、と尋《たず》ねたところ、後から入る明に気を使ったのだとわかった。

男が浸《つ》かった湯には浸かりたくないだろうという真城の配慮だったのだ。

以来、真城がシャワーの時でも、明が湯に浸かりたければ勝手にお湯を張ってもいいことになったが、なんとなく気が引けて、今まで一度も浸かったことはなかった。

真城さんは本当に……

優しいし、実はとても気遣いのできる人だと思う。

私、やっぱり真城さんが好き……

好きになってよかったと思う。しかし、彼が明をどう思っているかということまではわからない。少なくとも嫌われていないとは感じているけれど。

手早く髪と身体を洗い、明は温かな湯に身を浸《ひた》した。

大きなバスタブだ。

明はもちろん、真城が横になってもあまるくらいの大きさがある。実際、寝そべってもいいようになのか、バスタブの縁は枕のようなデザインだ。

バスタブに接する壁には窓もあって、坪庭が見える。そのおかげで外界からの目を気にしないで窓を開けられるという設計だ。

恋人同士になれなくてもいいから、このまま真城さんと一緒にこのお屋敷で生活できたらいいのに……。バスルームに惹かれたわけではなく、純粋にそう思う。でも、三ヶ月の契約で、もう一ヶ月以上経ったし……

なんだか悲しくなった。

そろそろ本格的にアパートを探さないといけない。しかし、今はそれをしたくない気分だった。

さっきの元家政婦さんに逆恨みされて、一人暮らしのアパートに押しかけられても怖いから、契約が切れてもここにおいてください、って頼んでみるとか？

ふと思いついたが、そんなのいけない、と首を振る。さっき「信じてあげましょう」って言ったばかりなのだ。

それにしても……

あの人、どうしてああなっちゃったのかしら？

一旦正気に戻ってからはごめんなさい、嫌わないで、とばかり言っていた……

つまり、それほどまでに真城を好きになって、会わずにはいられなくて、そして苦しんだからなのだろう。

真城を好きだと自覚したばかりの明だけれど、切なくて泣きたくなってきた。真城への想いが叶わないまま契約が終わってしまったら……。もう会えなくなってしまったら……

あの人のようになってしまうんだろうか？　ああはなりたくないけれど、ものすごく彼女の気持ちがわかる。

「はぁ……」

湯に浸《つ》かりながらそんなことを延々と考えていたせいか、明はのぼせてしまった。

少し新鮮な空気を入れようと、窓を開ける。

そのとたん。

何か黒い物体が飛び込んできた。

「きゃあっぁあっ！」

思わず大声で叫んで目をつむり、バスタブの中で身体を縮めた。

「にゃあ」

そんな明を馬鹿にするように、タイルの上で何かが鳴いた。真っ黒な猫だ。

「なっ……。エリザベート五世……。びっくりさせないでよ」

エリザベート五世というのは黒猫の名前だ。近所の屋敷で飼われていて、たまに真城の庭にも遊びに来る。

ほっとして猫に手を差し出したとたん、バンと勢いよくバスルームのドアが開いた。

「大丈夫かっ！　何があった！」

真城だ。

「きゃあっ！」

再び悲鳴を上げ、明は身体を縮める。

「あ……」

明を見て、エリザベート五世を見て、それから真城は苦笑した。

「こいつか……。ったく」

真城はエリザベート五世の首の後ろを掴《つか》み上げると、ひょいっと抱き上げてバスタブの方に寄ってきた。

え、えっ。何？

明はますます身体を丸める。そんな明には目もくれず、真城は開いていた窓からエリザベート五世を外に出した。

「君にまた何かあったかと思って来てみたが……」

少しばつの悪そうな顔をして、真城は言った。明はちらりと真城を見上げる。彼は視線をまっすぐに窓の外に向けたまま明を見ないようにしていた。

「ありがとうございます。犯人はエリザベート五世でした」

「しかし……。これでおあいこだな。今度は君が裸だ」

真城は笑い、そのまま背を向けた。

けれど、明にしてみたら、あの時の話を持ち出されて二重に恥ずかしい。つい口を尖《とが》らせて言い返してしまう。

「そうですね。でも私は真城さんみたいに堂々と見せたりはしませんよ」

「そうだな……」

バスルームから出かかっていた真城の足がぴたりと止まる。

「俺としては見せてくれても構わないんだが？」

くるりとこちらを振り向き、意地の悪い笑顔を見せた。

「嫌です。見せたくありません」

慌《あわ》ててぶんぶんと首を振ると、視界が歪《ゆが》んだ。さっきののぼせがまだ続いているせいだ。

湯の中の自分の身体が赤くなっているのがよくわかる。が、それが羞恥《しゅうち》からなのか、ずっと風呂に浸《つ》かっていたからなのかは、わからない。

駄目……

なんだかどんどん気分が悪くなる。早く出てくれないかしら？

なんでこんなに長い時間いるの？

見れば、真城は既に明に背を向けて脱衣所に一歩足を踏み入れていた。

もしかして、私だけがこの時間を長いと感じ……

「明っ！」

名前を呼ばれた。『家政婦』でも『ハウスキーパー』でも、『君』でもない、名前を。

なんで？　と明は首をかしげる。いや、かしげたつもりだった。実際には、気を失って湯の中に沈んでしまっていた。

「しっかりしろっ！」

ざっ、と全身に冷たい水のシャワーがかけられて、明はハッと目を開ける。それに気付いたのか、真城はシャワーを止めてから明を抱きしめてきた。いつの間にかバスタブから引き上げられていたらしい。

「ま、真城さん……」

「よかった。死ぬな。君まで死んじゃ駄目だ……。俺の側《そば》に……。俺の側からいなくなるなっ……。俺を一人にするな……」

すすり泣くような声で言われ、明はさらにきつく抱きしめられた。

「真城さん……」

これは何?

これは……。私……

俺の側からいなくなるなって……。まるで、まるで……

こんな風にして目の前で誰かを亡くしたのだろうか。おそらくあの部屋の大切な人……。奥さん……

だからこんな風に悲しそうに……

「頼むから死ぬな……」

「大丈夫……」

明は小さく答えた。

「私は生きてます」

そうして明は真城の背中に手を回す。生きてここにいるということを彼に実感してもらいたくて。

　真城さんが愛おしい。

　面倒くさがりで、なんだかいい加減で傲慢《ごうまん》なところもあるけれど、本当はとっても優しくて見掛け通り繊細な人なんだ。

　その繊細さを人に見せられなくて、きっと余計に突っ張って……

　明は真城の背中に回した手に力を込め、きゅっと抱きしめた。明と一緒にシャワーの水を被《かぶ》ってしまったのだろう。彼の服が濡れていて、指に貼りつく。

「明……」

　今まで明の首筋に顔を埋めるようにしていた真城が顔を上げ、明を見つめてきた。

　その視線に射すくめられ、明は息を呑む。

　そういえば明と呼ばれたのは初めてだということに気づいたが、何も言えなかったし動けなかった。

「明……。なら、本当に生きているって確かめさせてくれ。君の存在を……。今君がここにいるという事実を俺に実感させてくれ」

　それはどういう意味なのだろう、と考えようとした瞬間、唇を奪われた。

「んっ！」

　驚きに唇を引き結んだまま、明は口の中で声にならない声を出す。しかし優しく真城の舌で唇をなぞられると、全身から力が抜けた。

そのまま真城の舌に促《うなが》されるようにして、明は唇を開けていた。

＊　＊　＊

シーツが濡れちゃう。

ベッドに下ろされた瞬間、明が思ったのは洗濯のことだった。

バスルームから真城に抱え上げられ、彼の寝室に運ばれた。髪もろくに拭かずタオルを軽く巻いただけの姿で。

Tシャツを脱いだ真城がこれから何をしようとしているのか、自分がどうなってしまうかはわかっているのに、考えるのはシーツのことばかり。

毎朝明が取り換えて、洗濯して、アイロンをかけているシーツだ。明日も同じ作業をする予定だったけれど、今すぐにでもやってしまいたい。

現実逃避……

嫌だからではなく、あまりに信じられない現実だから逃げている。

好きだと自覚した相手とこうなっていることが、明はいまだに信じられない。

「明……」

真城の優しい囁《ささや》きが耳に落ちる。そのまま耳朶《じだ》を軽く噛まれ、明は洗濯物の心配からやっと現実に目を向けた。

彼の舌はそのまま明の首筋を這《は》う。くすぐったい。

けれどこれは、確実に身体の芯が燃える前触れ。

真城の濡れた舌先が首から顎《あご》に移動し、そのまま明の唇を舐める。バスルームでのことを身体が覚えていたのか、明は反射的に口を開け、彼の舌を待った。

口腔《こうこう》に侵入したそれは、明の唇の裏をなぞり、次に歯茎をつつく。そのとたん身体の芯がさらに燃えてくるのがわかって、明はうろたえた。

それでももちろん真城はやめてくれない。まるで明の舌を味わうように絡《から》めてきて、息もできない気がした。

唾液が口の中に広がる。それが溢《あふ》れてしまいそうになるが、真城は明の唾液すら味わうように舌を使うのだ。

こんなの恥ずかしすぎる。

恥ずかしいのに……

気持ちよかった。

どうしよう……。なんだか……

どこかに隠れたくなる。明は思わずシーツを片手で握りしめ、もう片手で自分の目を覆《おお》った。元々目をつむっているからあまり意味がない。もちろんそれで隠れたことにもならない。

ふいに胸に刺激を感じた。

唇はまだ真城に塞《ふさ》がれていたが、彼の片手が明の胸の膨らみに触れてきたのだ。その存在や質量を確かめるように下から何度か持ち上げて、柔らかく揉んでくる。

「んっ……」

塞がれたままの唇からくぐもった声が漏《も》れた。

真城の手は大きくて温かくて気持ちがいい。指も長くて、明の胸を下から押し上げながらその頂《いただき》の尖《とが》りにも触れてくる。

ぴくん。

敏感なそこに軽く指が当たっただけで、明の腰は少し跳ねてしまった。

そこはあっという間に硬くなり、もっと触れてくれと主張し出す。

触れられていないもう片方にも刺激が欲しくなって、気付くと明は身体を捩《よじ》っていた。

真城も片方だけでは物足りないと思ったのか、唇を離し、尖りを指で押さえたまま唇を下へと滑らせる。

「あっ……」

片方の尖りを口に含まれた。もう片方は指で弾《はじ》かれ、押し潰される。

「んんっ……」

恥ずかしいから声は出したくない。そう思っているのに高い声が出てしまい、明は両手で顔を覆った。

唇を引き結び、鼻だけで息をする。だがそうすると、いやに鼻息だけが荒くなって、余計に恥ずかしい。

丸く尖り切ってしまったそこに軽く歯を立てられ吸い上げられて、明は大きな喘《あえ》ぎ声を上げてしまった。

「やっ……あぁっあっ……んんっ……」

一度出てしまうともう止まらなかった。

カリッと爪で引っかかれたり、舌先で周辺をなぞられたりするたびに声が漏れた。

声以外の何かも、身体の芯からじわりと漏れる気がして、明は太腿を擦《こす》り合わせる。

顔を覆っていたはずの両手から力が抜けた。

「よかった……。やっと顔が見える。もっと見せて……」

真城に囁《ささや》かれた。

恥ずかしいのに……。こんな私の顔なんて……

けれど、自分を見ている真城の目が嬉しそうに細められていたから、明も嬉しくなった。

「本当に君は……。ここにいるんだな……。俺の手に君の体温が伝わって……」

そんな風に言いながら、真城は明の胸から下へと手を下ろしていく。

「ふっ……」

真城の舌や指が触れている皮膚は敏感になっていて、彼の息が吹きかかるだけで感じてしまう。鼻にかかった甘い息が漏《も》れるのを止められない。

ざわざわとしたものが背筋に走り、また両脚の間の深いところから何かが溢《あふ》れる感覚があった。

やだ……。やだ、恥ずかしい……

こんな状態を知られたらたまらない。明はますます脚を閉ざし、太腿を擦《こす》り合わせる。

なのに……

真城は明の太腿を撫《な》で、その間に手をこじ入れてきた。

その瞬間、明の心臓が大きく鳴り出した。それは全身が心臓になったんじゃないかというくらいに激しくて、じわりと汗が噴き出す。

真城の指が優しく明の茂みを摘《つま》む。

「あっ……んっ……」

それだけでたまらない羞恥《しゅうち》が押し寄せてきて、明を打ちのめす。しかし、同時に今まで感じたことのない悦《よろこ》びに包まれた。

茂みをかき分けて、真城の指が明の豆状の突起に触れた。

「やっ、あぁっ！」

びくん。

明の腰は大きく跳ね、声も高くなる。少し触れられただけで突起は勃《た》ち上がり、真城の指を楽しませているようだ。

その証拠に真城は執拗《しつよう》に硬くなった場所を指で摘んで、くりくりと動かしている。彼の指はそこを覆《おお》っている薄い皮を剥《む》くようにさらに動き、軽く爪を立ててきた。

「あっ、あぁっ。あっあぁ……」

甘いさざなみが何度もそこから明の全身を駆け巡り、声が止まらなくなった。

こんな声、恥ずかしすぎる。止めたい。黙りたい。いや……

そう思って口を噤《つぐ》むのだが、それはそれで鼻から変な息が漏れるので恥ずかしい。

閉じていたはずの脚も、真城の指の動きに合わせるように自然と開いてしまっていた。

「誘っているのか？」

真城に囁《ささや》かれた。何が？　と思う間もなく彼の指が滑り落ちる。ぬかるんだ溝に沿って一直線になぞられ、明は太腿を震わせた。

「ん、んんっ……。さそって……なんかぁ……。あっああ」

答えようとしたけれど、まともに言葉にならない。最後はただの喘《あえ》ぎ声になってしまう。

「そう？　勝手に脚を開くから、もっと触ってほしいっていう合図かと思った……」

そんなことない。そう叫びたくても、もう駄目だった。

荒い息と甘い声しか出せなくなっている。真城の指が往復しているあたりの奥が、熱く溶け出している。

徐々に秘裂は大きくなり、いやらしい水音が響くようになった。その音は明の耳にも届き、思わず耳を塞《ふさ》ごうと手を上げかけたが、どうしても腕に力が入らない。

「すごい音だ。聞こえてる？」

明が耳を塞ごうとしたとわかったのだろう。真城はわざと音を立てるように指の動きを激しくした。

「ね、ほら……。くちゅくちゅって……。さっきまで湿っているだけだったのに、もう……」

「や、やっ、や……んっ」

意地悪だ。どうしてそんなに恥ずかしいことを言うんだろう。

やっぱり真城はこんな時でも口が悪いと明は思う。けれど、そんな思いは真城の指や言葉によって、すぐにどこかに吹き飛んで行った。

真城は明の花びらを広げながら、ちゅっと胸の突起を吸い上げる。

「ひっ！」

叫び声に似たものが明の喉から絞り出された。

痛いわけではない。むしろその逆で……

もう何も考えられないほどの強烈な快感が明の全身に走った。

吸い上げられたところを舌先で押し潰され、また吸われる。さらにまた舌を這《は》わされて、ぬめぬめとした感触が明の脇腹のあたりに移動してきた。

舌が這ったあと、そこが空気に触れて一瞬冷たくなる。だが、それにすら官能を誘われ、明は全身を慄《おのの》かせる。

「ほら、挿《い》れるよ」

言葉と同時に真城の指が押し入ってきた。

いちいち宣言なんかしなくてもいいのに。どうして？

ぼんやり考えたけれど、熱く潤《うる》んだ中に挿れられた指が思いのほか冷たくて、なんだかほっとした。これでこの熱が冷やされるかもしれない。

けれど、それが間違いだとすぐに気付かされた。

ゆっくりと抽送《ちゅうそう》される指が明の肉襞《にくひだ》を擦《こす》る。長い指が奥まで届きそうになる。冷たいと感じた彼の指はあっという間に温かくなる。

むしろ、熱いくらいだった。

「君の中は温かいな……。いや、熱い……」

「な、なんでっ……。はぁ。はっ」

熱くなったと意識したとたん、心を読まれたように言われて明は目を瞬《しばた》かせた。

真城は答えず、笑いながら明の中の熱を楽しむように指を動かし続ける。

ゆっくりと短い距離の抽送《ちゅうそう》だったものが、次第に長い距離に変わっていく。花びらの縁ぎりぎりまで一気に抜かれると、魂《たましい》まで抜かれる感覚に襲われた。

そのたびに、明はびくびくと腰を揺らしてしまう。いつまでも続いてほしいような早く終わらせてほしいような、複雑な心地よさだ。

明の目の前で小さな火花が幾度も散る。ふわりと浮いては沈む。

下半身で響く水音が激しくなって、襞《ひだ》がめくれてわずかに咲いた花びらが大きく綻《ほころ》ぶ。

そこからは大量の蜜が溢《あふ》れ出して、真城の指を濡らしていた。

蜜はやがて太腿はおろか茂みすらも濡らし、シーツにも滴《したた》り出す。

「も、もう……、駄目……。シーツが……」

こんな時に、シーツの洗濯が大変だと考えてしまう自分はおかしい。けれど、そういうことでも考えていないと、あまりの気持ちよさにどうにかなってしまいそうだった。

そういえばさっきもシーツの洗濯って、私、思ったんだっけ……

「シーツ？　洗濯か？　こんな時に仕事熱心だな」

「そ、その……。だっ……て……。んっあああっ」

言い返そうとしても喘《あえ》ぎにしかならなくて、声がひっくり返った。

「けど……」

真城の指が明の一番いいところを押す。

「んっ、あっ、だ……。や……」

押されたところから強烈な悦《よろこ》びが突き上がり、明はのけぞった。

じゅわっとしたものが大量に溢れ、太腿もシーツも真城の指もびしょびしょに濡れる。

「シーツを濡らして……、汚しているのは君だ……」

指が抜かれ、また突き入れられる。ぐちゅっ、という今まで以上に濃い水音が響く。

いやらしくて、はしたない音だ。

それでも……

やめてほしいなんて言えない。

腰の深いところが疼《うず》く。熱が重くたまって、早くこの疼きをなんとかしてもらいたくなる。

「ふっ、んんんんっ」

身体が勝手にそれを求めて暴走し始める。

真城の指をきつく締めるように襞が蠢《うごめ》いた。

すると真城の指の節まで感じられて、明は熱い息を吐き出す。

「そんなに……」

笑いながら真城が何か囁《ささや》き、指を一気に引き抜く。その隙に硬くぷっくりとなった明の胸の頂《いただき》を爪で弾《はじ》いた。

普段だったら、こんな弾かれ方をしたら痛いはずだ。が、今はそれすらも快感となって明は喉を鳴らすようにして喘《あえ》ぐ。

困ったことに、胸の快感は下半身に直結していて、明は真城の指の動きに合わせるように腰を上下させていた。

自分でも動くと気持ちよさは倍増して、いやだとか、駄目だとか、わけのわからない言葉を吐き出してしまう。

「んっ、ふっっ、ううんっ、も、も、駄目……」

頭を横に振りながら明は涙声で訴える。

快感に耐え切れず脚は自然と突っ張り、シーツを蹴っていた。

「駄目？　君の身体はそうは言っていないようだけれど？　腰がこんなに動いている」

胸に愛撫《あいぶ》を加えていた真城の片方の手が下りてきて、明の腰から太腿までを撫《な》でた。

「あっ、あぁー！　も、駄目っ」

また駄目？　何が？　と聞かれた気がしたけれど、もう何もわからない。

お腹から下が蕩《とろ》け切っていて、真城に何をされても、明はすべてを悦《よろこ》びとして受け止めていた。

「君はかわいいな」

はじめてそんな風に言われ、どきりと胸が高鳴る。

きっとこんな時にしか言ってくれないんだろうな。

いつも憎まれ口しか言われていないせいで、明はそう思った。

「こうして、熱くて……」

真城はまた指を挿入してきた。今度は二本いっぺんに。

「蕩け切っていて……。俺の指を楽しませて……」

うっとりとした声がして、彼の指が動き出した。

二本を中でひねるようにして何度も突き刺してくる。同時に親指の腹で茂みの中の敏感な突起を擦《こす》るから、明はますます翻弄《ほんろう》される。

目の前や頭の中で何度も光が瞬《また》き、一瞬気が遠くなる。たぶん軽く達しているのだろう。そのたびに腰がびくびくと震え、秘所が甘い蜜を撒《ま》き散らしていた。

「もっと俺に……。君を、君の存在を……」

不意に指が抜かれ両脚を大きく割られた。そしてそのまま腿を肩に担《かつ》がれる。

えっ？　と思っている間に、指よりも圧倒的に太いものが明の口に侵入してきた。

「……っあ……。あああっ—」

濡れそぼっていた綻《ほころ》びが大きく開く。明の目も大きく見開かれる。

熱い……

ただそんな風に感じ、明は自分の上の真城を見つめた。いつの間にか全裸になっていた彼が、満足げに微笑んでいる。真城は軽く明の唇にキスを落とすと、腰を動かし始める。

奥までズン、と突き入れられたかと思うと、ゆっくりと抜きにかかり、明の綻びがめくれ上がって捩《よじ》れる感触を楽しんでいるようだ。

明もそうされるとたまらない。肉襞《にくひだ》がめくれて裏返る時に、中から大量に溢《あふ》れ出した蜜が明の太腿を伝っていく。その感触にすらぞくぞくとして、もっと濡らしてほしいと思ってしまう。

「んん、あっ……。ま、しろ……さんっ……」

もっとという代わりに真城の名を呼ぶと、彼のモノがよりいっそう熱くなる。明の蜜が肉の中でジュクジュクとかき混ぜられるのも気持ちがいい。

「気持ち……、いいよ。明……。俺を……。もっと包んで……」

明に答える彼の声が掠《かす》れていて、明は耳でもぞくぞくとした快感を得る。

「ね、もっと……。明……」

円を描くように動かしながら、真城は明の耳の中に直接声を吹き込んできた。そしてそのまま尖《とが》らせた舌で明の耳の穴を突いてくる。

ぞわっと明の全身が粟立《あわだ》った。耳を愛撫《あいぶ》されるのがこんなに気持ちいいなんて知らなかった。このますべての穴を真城に塞《ふさ》がれたくなる。

「明……。はっ、もっと……」

耳の中で響く声に促《うなが》され、明は本能的に真城を締め付けた。

そうすると明の奥の奥で真城の存在が際立った。

「あっ……あっ……」

たまらない。彼の熱が。存在が……

そう感じたとたん、明はもう何もかもわからなくなった。

ただ彼の熱や肉の悦《よろこ》びに追い詰められる。身体が何度も高くふわりと浮く。それが怖くて彼の背中に手を回してしがみつく。

真城の背中も熱く汗ばんでいて、明の手の下でその存在を示していた。もちろん身体の中でも……

「は、あぁっ、ああっ……。真城さん……。好き……」

気付けばそう告《つ》げていて、明は彼を包み込んだまま意識を飛ばしていた。

6

あれから三日経った。

あの白いジャケットの女は、警察からの厳重注意で済んだようだが、本人とその家族からは二度と迷惑をかけないという手紙が届けられたと真城から聞いた。

彼女を家政婦として紹介した人物からも詫《わ》びのメールが届いたらしい。

——二度とああいうことは起こらないから安心してくれ。辞めないでくれ。

真城からそう言われ、明は嬉しかった。

さらに、真城は家政婦紹介所に事の顛末《てんまつ》を連絡したらしく、馬場が血相を変えて飛んできた。

明はどこもなんともなかったし、このままここで仕事がしたいとはっきり伝えたが、馬場は去り際まで何かあったら帰って来いと言っていた。

そのやりとりを見ていた真城が、あとで、あの男とはどんな関係だと根掘り葉掘り聞いてきて、とても不機嫌になったのも嬉しかった。

嫉妬《しっと》してもらえるのがこんなに嬉しいなんて、と明は妙にくすぐったい思いにとらわれた。

それにしても……

まだ身体のあちらこちらが痛い。

倒れたせいではない。真城とのあれこれで全身がキシキシ言っているのだ。普段使わない筋肉を酷使したからだろう。

三日も経っているのに、まだ身体が悲鳴をあげている。つい、洗い物をする手を止めて、ため息をついてしまった。

思えば、翌日だって腰から下に力が入らないわ甘い疼《うず》きは残っているわで、まともに仕事ができなかった。

まさか真城とあんな風になってしまうなんて……

思い出すだけで心臓が大きく鳴り始めてしまう。

身体の中心にまだ真城が居座っているようで、ふとしたことでじんとした痺《しび》れが広がり、恥ずかしさのあまりどこかに逃げ出したくなる。

途中で意識を手放してしまったからよく覚えていないが、あとから部屋を掃除した時に使用済みの避妊具を見つけて、明は卒倒しそうになった。

真城がいつそれをつけたか気付けないくらい、何もかもわからなくなっていたのだ。

だから余計に恥ずかしくて、彼の目の届かないところに行きたくなる。でも、真城はそれを許してくれない。

今も夕食後のダイニングテーブルでノートパソコンを開きつつ、明を見つめているのだ。

「どうした？　ため息なんかついて」

どこか心配げに尋《たず》ねられ、明は軽く首を振った。

「な、なんでもないです」

「そうか？　顔が赤いけれど？」

笑う彼の顔はとても魅力的で、明はあの時を思い出し、ますます顔を赤くする。

「その顔……。いやらしいことを思い出している。俺とまたする？」

「なっ、なっ、な……」

確かに思い出したけれど、恥ずかしくて素直にそうだと頷《うなず》くことができない。

「俺は毎日でも君を抱きたい。君の身体が辛そうだから控えていたけれど……」

そう言われて明は頭が沸騰《ふっとう》しそうになった。

「そんなことより、仕事してくださいっ。どうしてご自分の部屋でなさらないんですかっ」

そうなのだ。

あの日以来、真城はノートパソコンを持ち歩き、明の側《そば》でキーボードを叩いている。

どこへ行っても真城がついてきて、文字通り『逃げられない』のだ。

「君の……、明の側にいる方が落ち着く」

「明」と名前を呼ばれ、そのまま続けて「落ち着く」などと言われてしまうと、明は何も言い返せなくなる。

「それに君は……。好きな人の側にずっといたいとは思わないのか？」

なぜかにやにやとして真城は立ち上がり、明の背後に回ってきた。

「好きって、もう一度言って。聞かせて……」

背中から抱きしめられ、耳元で囁《ささや》かれた。

「えっ……。私……」

真城さんに好きって言ったかしら？　……無我夢中で言ってしまったかも……

背中が真城の体温で温められる。

心臓の鼓動も速くなり、身体の奥が疼《うず》く。

「好きって、言ってくれたよね」

笑いながら耳朶《じだ》を軽く噛まれ、全身が粟立《あわだ》った。

「俺のこと好きにならないって、宣言していたのにな」

「そうですよ。好きになんか……」

これ以上、真城に密着されていると、洗っているお皿を落としてしまいそうで、明は身を捩《よじ》って抵抗した。

「そう？　じゃ、君は好きでもない男に平気で抱かれる淫婦《いんぷ》なんだな」

「い、淫婦って……」

言い方が古臭いけれど、物書きの真城らしくて、怒る場面なのに明は笑ってしまった。

「何？　笑うとこ？」

耳を舌でくすぐられた。

「違うけど……っていうか違います。私……。好きになんかならないって言ったけれど、あれはその……。もうっ」

耳の刺激が下半身にダイレクトに伝わってしまって、明はさらに身を捩《よじ》る。そのため手元がおろそかになり、洗っていた食器を床に落としてしまった。

カチャン。

はかない音を立てて絵皿が割れた。

金の縁取りに薔薇《ばら》の絵が描かれたそれは、ものの見事に真っ二つになった。

「ご、ごめんなさい私……」

いかにも女性が好みそうなその皿の惨状を見て、明はひどく落ち込んだ。

このお皿……

たぶん真城さんの大切な人の……、形見……

形見を普段の食事に使うのは憚《はばか》られたが、ほとんどの食器がこの絵皿のシリーズばかりだったので、他に使える物がなかったのだ。

割れた皿を見つめる真城の瞳がスッと翳《かげ》ったような気がした。

「すみません。ごめんなさい本当に……。これ真城さんの大切な……」

慌《あわ》てて拾い上げようとする手を真城に止められた。

怒っているのだろうか。片付けさせてもくれないのだろうか？

不安のあまり明は立ち尽くす。

真城はしばらく割れた皿をじっと見つめていた。

「あの……？」

小声で明が問いかけると、真城は座り込み、皿の破片を手にした。

「これは……ある種の運命だな……」

意味深に呟《つぶや》いた真城は、なぜか笑って、自ら破片を片付け出す。

「運命？」

思わず聞き返してしまった。が、いけない、と思って慌てて口を噤《つぐ》んだ。

これは彼のプライベートな部分なのだ。言い方は悪いけれど、一度寝たくらいで立ち入るのはよくない。

彼から話してくれるまで待つべきだ。

「どうした？　妙な顔をしている……」

破片の始末を終えた真城まで、明につられたように眉を寄せていた。

「あ、いえ、怪我したら大変って……」

咄嗟《とっさ》にそうごまかして洗い物の続きにかかったが、明の頭の中にはあの部屋が——真城の〝大切な人〟の存在が居座っていた。

＊＊＊

翌日。

「おや、珍しい。随分とシンプルなカップだ」

来客の前にコーヒーを出したとたんに、そう言われた。

出版社である帝東社《ていとうしゃ》の編集長だ。

確か名前は加藤《かとう》さん……

デビューの時からお世話になっていると真城が語っていた相手だから、失礼のないようにしなければいけないと、明は少し緊張する。もちろん、どんな来客でも失礼があってはいけないのだが。

「ああ……カップは……すべて揃いだったんですが、一枚割れてしまったので、この際だから新しいのに取り替えたんですよ」

真城は加藤に説明する。その顔には笑みが浮かんでいて、割れた皿を惜しむ様子はまったくない。

だが……

明はトレイで顔を隠してため息をつく。

残りの皿は捨てたわけではない。納戸《なんど》にしまっただけだ。それはやはり、まだ気持ちが残っているからではないのか……

大切な人が使っていた食器。お気に入りだった品。捨てられなくても仕方ないだろう。

「いやあ、しかし思い切ったね。陶子《とうこ》ちゃんが気に入っていた食器だろう？」

「ええ。まあ……」

真城は少し寂しそうに微笑む。

陶子って誰？

真城の寂しそうな顔とその名前に、明の胸がちくちくと痛む。

きっとあの部屋の人……。真城さんの大切な、亡くなってしまった人……

「彼女のためにも使い続けるって、亡くなった時には言っていたのに……」

真城がデビューした時からの付き合いだけあって、加藤はいろいろとそのあたりの事情を知っているようだ。

彼らの話を聞いていたい。何かわかるかもしれない。

胸は痛んだが、いや、痛いからこそ、もう少し二人の会話を聞きたいと思ってしまった。だが、もう用は済んだのだ。家政婦の自分がこれ以上ここにいるわけにはいかない。

「では、何かありましたらお呼びください」

仕方なくそう言い、明は立ち去ろうとした。

「ありがとう……。あ、そういえば君は、ここに来てどのくらい？」

部屋を出ようとした寸前に、加藤に呼び止められる。

「そろそろ二ヶ月になりますが」

そうだ。もう二ヶ月……

真城と一緒にいられるのもあと一ヶ月ということだ。明の胸にさらなる痛みが広がった。

そういえば、真城には結局好きだと告白していたらしいけど、彼からはその言葉をはっきりと言われていない。

それが今になって気にかかってしまう。

真城は『好きな人の側《そば》にずっといたいとは思わないのか？』と言っていたけれど……

彼からの愛の言葉らしいものはそれだけだ。

このお屋敷での仕事はいずれ終わってしまう。その後の真城との関係はどうなるのだろうか。

きちんと付き合ってくれと言われたわけでも、愛を囁《ささや》かれたわけでもないのに、真城の恋人を名乗ってもいいのだろうか。

できることなら、このまま一緒に暮らしたい。それが無理でも恋人として、毎日通ってくれと言われたい。

真城さんは……

明はちらりと真城を見た。彼は私を恋人だと認識しているのだろうか。

抱かれた時……。存在を確認したいと言っていたけれど、死ぬなとも言われたけれど……

ただ単に動揺した真城が人肌恋しくなってそう言った、という気がしないでもない。

次の日もその次の日も、彼は優しく微笑んでくれるし、明の側から離れようとはしないけれど、それすらも明が生きているのを目で見て確かめているだけ。存在しているのを確認しているだけ——なのかもしれない。

もしそうだとしたら、恋人気分でいたのは明一人で、真城にとって明はやはり家政婦にすぎないのかもしれない。

駄目……。私、考えすぎ……

自分は想像や妄想が好きだけれど、それが今、悪い方向で発揮されている。ありもしないことをあれこれと考えたら駄目だ。

明は思わず頭を振っていた。

「ん、どうかしたかね？」

「あ、いいえ、ちょっと虫が……」

加藤に聞かれて、明は適当にごまかして笑う。

「そうか……。いやぁ、しかし、食器もそうだが、こっちも珍しいねぇ。真城くんが若い女性をこんなに長い間雇っているなんて」

真城邸の家政婦事情も知っている加藤は、真城と本当に親しいらしい。

「彼女は優秀ですから」

本心かどうかわからないけれど、真城はそう答えていた。

最初の頃は馬鹿だとか鈍《にぶ》いだとかしょっちゅう言われていたから、たとえ嘘でもものすごく嬉しくて、明は飛び上がりたい気分だった。

けれど……

陶子さんっていうのか……。あの部屋の主は……

いまだに足を踏み入れたことのない部屋の中を想像する。

食器の好みから考えると、部屋も花柄の物で埋め尽くされているのだろう。きっとベッドは天蓋《てんがい》付きで……

「用があったらまた呼ぶから、下がっていいよ」

明がまた何か妄想しているらしいと気付いたのだろう。真城は苦笑しながらそう声をかけてきた。

「あ、すみません。失礼します」

真っ赤になりながら明は二人の前から去ったが、ドアを閉める寸前に、「いい加減、食器と同じようにあの部屋も片付けたらいいんじゃないか」と言っている加藤の声が聞こえてきた。どきりとして思わず聞き耳を立ててしまう。

「陶子ちゃんが亡くなってから、かれこれ五年も経つし……」

「そうですね。それより今日はどんなご用件で？　まさか顔を見に来たとは言いませんよね？」

真城はすぐに仕事の話を持ち出して、加藤の話を遮《さえぎ》る。

その声で、明は我に返った。

いやだな、私……

こんなに気になるなんて……。これはやっぱり……

立ち入った話を聞いてはいけないと思うけれど、後でちゃんと聞いて、すっきりしたほうがいいのかもしれない。

もう亡くなってしまっている人なのだから、自分の恋のライバルにはならないのだし……

加藤から陶子という名前を聞いた以上、「陶子さんって誰ですか?」と尋《たず》ねないのも不自然だし……

そう考えてみるけれど、やっぱり聞くのはよくない、そう自分の気持ちにブレーキをかけてしまう。

おそらくそれは、真城が干渉《かんしょう》を嫌うからだろう。

今まで何人もの家政婦を辞めさせたのは、彼女らが真城のプライベートに首を突っ込んだり、いろいろ世話を焼きすぎたりしたからなのだ。

そういう風に聞かされている以上、踏み込んでは駄目だと思っている。

けれど……けれど……

ぐるぐると思考を巡らせていると、雨の音が耳に入ってきた。

「あ、いけない」

明は慌《あわ》てて裏庭に出た。洗濯物が干しっぱなしだったのだ。

真城と加藤の会話……いや、陶子の話に気を取られすぎて、洗濯物のことを忘れていた。

天気予報をきちんとチェックして、今日は午前の早い時間から干していたのに、これでは意味がない。

大粒の雨が地面を濡らしたかと思うと、地面があっという間に真っ黒になるほどの激しさで降り始める。確かに今日は雨になると天気予報では言っていたけれど……

これはひどい。

洗濯物を取り込みながら、これでは一から洗濯し直しだと、雨音がするまで怪しい雲行きに気付かなかった自分を呪いながら空を見上げた。

見上げた視界の端に、二階の部屋の窓が見えた。入ってはいけない東側の陶子の部屋。その部屋のカーテンが揺らいだ。真城の姿がちらりと見える。加藤との話を終えて、日課である部屋の空気の入れ替えに来たらしい。

いつもは寝起きである昼ごろにしているが、加藤が訪ねてきたせいで今になったのだろう。

何もこんな天気の時までしなくてもいいのに……

明の心に悲しみが溢《あふ》れた。雨で身体も洗濯物もびしょ濡れだったけれど、それ以上の激しさで心が濡れている。

気にしすぎなんだ、私……。もうやだな。こんな気分。

水分を含んで重くなった洗濯物を抱えて室内に入ったとたんに、視界が真っ白になった。

「きゃあっ」

何が起こったのかわからなくて悲鳴を上げると、笑い声が聞こえた。

「何を驚いている?」

さらにそう言われて、何かで頭をごしごしと拭かれる。

「あ、えっ……」

真っ白になった視界の理由はタオルだった。

真城が待ち受けていて頭からタオルを被《かぶ》せてくれたのだ。それで明の頭を拭《ぬぐ》ってくれている。

「二階の窓から見えたから……」

ひとしきり拭かれるとタオルが外された。

「さっきは優秀だって言ったけど取り消しだ」

明の抱えている洗濯物を有無を言わさず取り上げて、真城はそのままスタスタと洗濯機まで持っていこうとする。

「ちょっと真城さん……。それ私の仕事だし、取り消しって……」

「だって、君はやっぱり馬鹿だろ」

「はい?」

お天気のことを失念していたのは確かに自分でも馬鹿だと感じていたが、こうはっきり言われるとなんだかおもしろくない。

それに……

明が濡れたことを知ってタオルを持って来てくれたのは嬉しいけれど、それだってあの部屋にいたからわかったわけだし……

真城と身体の関係を持ってしまったせいだろう。明は悲しんだり、喜んだり、恥ずかしがったり、怒ったりを一日中繰り返している。

いや違う。昨日まではこんな風に感情がめまぐるしく動かなかった。

幸せだったのだ。真城と結ばれて。

それが昨日、あの割れたカップと真城の表情を見た時から変わった。

情緒不安定であることはわかっているのだが、どうにも自分ではうまく気持ちのバランスが取れなくなっている。特に今日は具体的に『陶子』という名前を聞いてしまったから、余計にそうなるのだ。

「どうかしたか？」

明の複雑な表情に気付いたのだろう。真城の眉が寄せられた。

「どうかって……。どうせ私は馬鹿です。でも、雨が吹き込んでくるのを承知であの部屋の窓を開けて、空気を入れ替えている真城さんも、相当馬鹿ですよね。そんなに陶子さんとやらが大事ですか」

いけないと思ったが後の祭りだった。

真城の表情が、一瞬ひどく歪《ゆが》んだ。

「君が毎日空気を入れ替えろと言うからしたんだ……。いや……何を気にしている？」

「別に……。なんでもありません。それ、私の仕事ですから」

明は、彼の手から濡れた洗濯物を奪い取って走り去った。

7

食材の買い物以外で外出するのは何日ぶりだろう。

明は人ごみの中にいるにもかかわらず、深呼吸した。昨日はあれからなんとなく、真城とぎくしゃくしてしまった。

さらに今日は午前中にかかってきた電話のせいで、もやっとした気分になってしまったから、気分転換を兼ねてアパートを探しに街へ出てきたのだ。

明にだって休日はある。だが、住み込みの仕事だと、休日と勤務日の境目が曖昧《あいまい》になってしまうのが困りものだ。

さらに今の屋敷に来てからは特に休日の指定もなく、真城も週に二日は自由にしていいとしか言わなかったので、いつ休んでいいものかといつも決めかねていた。

以前に一度、学生時代の友人と会うため日中に外出したが、帰ってきたら屋敷が惨憺《さんたん》たる有様になっていた。コーヒーカップや湯のみがいくつもダイニングテーブルに置かれていたり、ごみがごみ箱に収まり切らないで床に散乱したりしていた。リビングの回転式DVDタワーラックに至ってはなぜか横倒しになっていて、床一面にDVDのパッケージや中身が散乱しているという有様。

後ろの方にあるDVDを、無理矢理引き抜こうとして倒してしまったのだろう。タワー自体を軽く回すだけでいいのに、それすらも面倒くさがってしなかったらしい。

その日は休みにすると真城に言っていたから、基本的には仕事をしなくてもよかったのに、見るに見かねて結局働いてしまった。

なんというか、休みを取らずに屋敷にいた方が仕事は増えないし、疲れなかったのではないかと、外出したことを後悔したものだ。以来、あまり休みらしい休みは取っていない。

だから、本当に繁華街は久しぶりだ。

アパート探しだけだったら屋敷にいてもネットでできたのだが、真城と二人きりだと余計なことを口走ってしまいそうで、わざわざ遠くまで出てきた。

少しでも気持ちを晴れやかにしようと、普段はめったに着ないワンピースを着てお化粧もしてみたけれど、ちっとも楽しい気持ちにはなれない。

本音を言えば、屋敷にいたい。真城の側《そば》にずっといたい。もちろんアパートなんて探したくはない、のだが……

なんとなく重い気分のまま不動産屋に入る。

いくつか物件を紹介され、とりあえず資料をもらい、不動産屋から出て目についたカフェに入った。
窓に面したカウンター席でぼんやりと外を見ていると、その視界に真城の姿が入った。
それも女連れだ。
心臓がドキリと跳ねる。
不整脈でも起こしたみたいに心臓が鳴っている。思わず顔を伏せてしまったけれど、
二人は店の中に明がいるとは気付かずに、目の前を通り過ぎて行った。
そっと顔を上げて二人の後ろ姿に視線を向ける。
背が高くモデルのように綺麗な女性が、いやに親しげに真城の腕に寄り添っている。
ちらりと見えたその横顔は笑っていた。
真城の表情までは見えなかったが、嫌がっているようにも思えない。
誰？
不安と不快と悲しみが一気に明の中で膨れ上がった。
あの電話……
午前中にかかってきた、明をもやもやさせた電話……
その内容を思い出して明は唇を噛んだ。
それは、女からの電話だった。
明が出ると、自分の名前を名乗りもせずに、『あなたが珍しく居ついている家政婦さ

ん？』と聞いてきた。

珍しい……というのは加藤にも言われたが、『居ついている』はないだろうと腹立たしく思った。名乗った上で言うのならともかく、いきなりそれだから印象が悪いどころの話ではなかったのだ。

さらに、『声は若いけれど実は年寄り？　でないと居ついていられないよね。忍は若い女、嫌いだもん』とまで言われて、明は電話を切りたくなった。

それを堪《こら》えて名前を聞き出してから真城に変わったのだが、どうにもむしゃくしゃして、飛び出すようにして屋敷を後にした。

その時の電話の相手が、今、真城の横にいた女性とは限らない。

けれど、なんとなくそうなんじゃないかと推測した明は、疑いと不安の混ざった嫌な気持ちに襲われて落ち込んだ。

真城さん、いつも携帯の電源切っちゃうからなぁ……

真城には寝る前に電源を切る習慣があるのだ。起きた時に再び電源を入れているが、ちょくちょくそれを忘れてしまう。それさえなければ、家の電話も鳴らず、それを明が取って嫌な思いをすることもなかったのに。

明は重たいため息を吐き出し、もらってきた不動産屋の資料に目を落とした。それでも頭の中に浮かぶのはあの二人のことばかりだ。

さっきの女性は実は真城の恋人で、明は彼にからかわれていただけなのかもしれない。

なんとなく、そう思い始めてしまう。

忍って、下の名前を呼び捨てにしていたし、相当親しいんだ……

もしそうだったら、早いところ通いにした方がいいのかも……

いや、からかわれたはずがない。あれは真城の本気だ。絶対にそんなことはない。

そう思い直すものの、どうしても不安がつきまとう。

もしもの時のことなんて考えたくはなかったけれど、日野さんも帰ってくることだし、真面目にアパートを探しておこう。

そう決心して、明はまた重たいため息をついた。

＊＊＊

「そこにいたのか？」

真城に呼びかけられて、明はハッと顔を上げた。

庭の隅にあるちょっとした東屋《あずまや》のベンチに座って、ぼうっと不動産屋の資料を見ていたのだ。ここは明のお気に入りの場所で、自室にいる時よりも寛《くつろ》げる。

「あ……。すみません。今お夕飯を……」

気付くと周囲はすっかり夕暮れ色になっている。いったいどのくらいの時間ここにいたのだろう。

「いや、今日は休日だろう、夕食はいい。君が出かけたあと俺も出かけて早めに食べてきた」

「それ、あの女の人とですか？　今日、電話があった……」

つい尖《とが》った声で聞いてしまった。

「ん？　そうだが……」

明の声の調子や雰囲気に気付いたのか、真城の表情が微妙に歪《ゆが》んだ。

「そうですか……。あの女の人と……。お夕飯いらないんなら失礼します」

不動産屋の資料を鷲掴《わしづか》みにして、明はベンチから立ち上がった。

「おい。何を怒っているんだ？」

「怒っている？　私が？　そうかもしれませんねっ」

こんな自分、嫌だ。そう思っているのに、明は真城に怒鳴りつけるように切り返して、さっと彼の脇をすり抜けようとした。

「待て！」

真城に腕を掴まれる。

その拍子に持っていた不動産屋の資料が散らばった。真城の腕を振りほどき、慌《あわ》てて拾い上げようとしたが、またもや腕を掴まれて阻《はば》まれる。真城はそのまま資料を拾い上げて目を見開く。

「なんだこれは……」

「何って……。アパート借りないとっ」

「なぜだっ！」

真城の大声が響いた。その声にびっくりして明は思わず首を竦《すく》めたが、何とか声を振り絞って言い返す。

「だって契約は三ヶ月だし……。通いでもいいって話だし……。私、ホームレスにはなりたくないし……」

「何を言っているんだ君は？　なぜそういう話になる？　だいたい俺に断りもなく……」

「断りもなくって……」

一瞬、明は呆《あき》れた。どうして自分の住む場所まで、真城に指図されなければいけないのだろうか。

「私はあなたの家政婦で、確かにあなたはご主人様だけどっ……。契約終了後のことまであれこれ指図されたくありませんっ。だいたい、いくら大切な人だからって、いつまでも未練たらたらで部屋を維持してるとかって……。そんなに陶子さんが大事ですかっ！」

「どうしてそこで陶子の名前が出てくるんだ」

今度は真城が呆《あき》れたようだった。目を瞠《みは》ったあとに眉をきつく寄せる。

「どうしてって……。あの部屋……。私に掃除どころか覗《のぞ》かせてもくれないなんて、それ、私のこと信用してないってことですよね」

自分で言ってから、そうだったのだ、と明は妙に腑《ふ》に落ちた思いだった。

ずっと気持ちがもやもやしているのは、そのせいだと。

このことがあるから真城が女性と会っているのが気になる。嫉妬《しっと》してしまうのだ。信用さえされていれば、愛されている自信も生まれて、こんなに疑ったりしないのに……

「な、何をっ……」

「とにかく……。今は一人にしておいてくださいっ」

そう言い捨てて明は駆け出した。そのまま近くの部屋に繋《つな》がるドアを開けて中に入り、後ろ手に鍵をかける。

書庫だった。ここなら何時間でも一人で過ごせるとぼんやり思いながら、廊下側のドアの鍵もかけた。

「君っ！　明っ！」

真城が外で叫んでいる。

「どうしたんだ、明！」

何度か名前を呼ばれてドアを叩かれたが、しばらくすると舌打ちの音が聞こえてあたりは静まり返った。

どうやら真城はどこかへ去っていったようだった。ひょっとしたら、廊下側から入ろうとして屋敷の中を移動しているのかもしれない。

けれど、いつまで経っても真城が廊下側の扉を叩いたり呼んだりする気配はなかった。

「なんだ……」

やっぱり私という存在はそんなもんなんだ……

肩を落とし、明は座り込んだ。

なぜか涙は出てこなかった。その代わり思いっきり現実逃避がしたくなって、本棚に手をかけた。

蔵書の数は多くて、まだまだ明が読んでいない本がいくらでもあった。もちろん整理し切れていない棚もいくつかある。

どうせならと、整理していない棚の中から適当に本を引っぱり出した。

「あ、これ……」

一目見てSFだとわかる表紙だった。本格的なSFはあまり読まない明だったが、好きなイラストレーターの絵に心を惹かれた。

明はページを捲《めく》った。発行年月日も作者の名も、あらすじすらも見ずに。

よくあるSF——遺伝子操作で兵士として生み出された者たちの戦いの話だ。

主人公は女性で傭兵稼業《ようへいかぎょう》をしている。戦地を渡り歩いてあれこれトラブルに巻き込まれるというストーリーだが、恋の話も織り込まれている。恋の相手も傭兵で、ある時は敵、またある時は相棒という存在だ。

意外におもしろくてあっという間に読み終える。

「続き……。続き……」

シリーズ物だったため、明は慌《あわ》てて棚のあちらこちらを見たが、どこを探しても見当たらない。

「なんで……。あぁっ、もう……」

主人公たちは恋の駆け引きばかりしていて、まだ本当の意味では結ばれていなかった。それがいよいよ結ばれそうなところで終わってしまった。

続きを気にするあまり、明の頭の中では勝手に二人のシーンが広がっていく。

二つの月が浮かぶ、熱い砂漠ばかりの惑星で……

『どうする？　本隊へ戻るか』

明はまた妄想に突入し、主人公の恋人の台詞《せりふ》を口にしていた。

もちろん、今勝手に作ったものだ。

激しい戦いの末、二人が本隊からはぐれてしまったという場面。これから、元々所属している隊から脱走して、彼らが正しいと信じている部隊に行くかどうかで悩んでいた。

話し合いを繰り返しながら、二人の間の距離はどんどん縮まっていく。

「んー。違うなぁ……」

明は首をかしげ、もう一度本に目を落とした。

岩陰で二人きり。傭兵の彼が主人公の肩を抱き寄せると、ちょうど地平線から二つの月が昇り始める。

そこが一巻目のラストなのだ。

やはりこの先はラブシーンだよね、と考え直す。

「いいか？　かな？　そしたら彼女はなんて言うかな……」

主人公の性格や今までの言動を思い出しながら、明は独り言を続ける。

「馬鹿……。今さら聞く？　かな……」

「こんな熱い砂の上なんかで……」

不意に明の背後から声がした。もちろん真城だ。

「きゃっ！」

驚いて明は本を取り落とした。

いつの間に入ってきて、いつから妄想の独り言を聞いていたんだろうか。羞恥《しゅうち》で顔が赤くなる。

「鍵を探すのに手間取った……。普段この書庫に鍵なんてかけないし……」

チャリン、と手の中の鍵束を真城は鳴らした。

「その話の続きは、こんな熱い砂の上なんかで抱かれたくないって、女が言うんだよ」

「そ、そうなんですか？」

どうしよう。なんで……

真城の顔を見たとたんに何を言っていいのかわからなくなり、明はひどくうろたえた。

あんな風に叫んで彼の前から逃げ出したのに、まだ心の整理がついていない。

なのに、真城は平然とした顔をして明を見つめている。

私に怒っていないの？　呆《あき》れたんじゃないの？

今さらながら、あんな風に感情的になるんじゃなかったと明は後悔した。

信用されたいとか、されていない以前に、嫌われてしまったかもしれないと気付き、
背中に嫌な汗が伝った。

「あ、あの私……。えっと……。そこは、やっぱり、今さら聞くの？　じゃないかなぁ」

とてつもなく焦って動揺しているせいか、明の口から出てきたのはそんな言葉だった。

何を言っているんだろう私……。もうやだなぁ……

「いや、違う。作者の俺が言うんだから確かだよ」

微笑んでさらりとそう告《つ》げる真城に、明は目を丸くした。慌《あわ》ててさっき取り落とした

本を持ち上げて表紙を見る。

そこには真城信夫《しのぶ》と書かれていた。

「当時は〝しのぶ〟って名前を女に間違われるのが嫌で、そういう字にしていたけれど……」

「え、え？　だってこれSF……。真城さんが……」

真城は恋愛小説家ではなかったのか……。明は何度も目を瞬《しばたた》かせた。

「そんなに意外か？　この書庫の本のラインナップを見れば俺の趣味はわかりそうなものだけど？」

どこかおもしろそうに真城は笑う。

少しはにかんでいるようにも見えるのは気のせいだろうか。

「けれどまあ、残念なことにそれは売れなかった……。出版社も倒産したから続きも出ていない」

真城は笑顔のまま、少し寂しげな雰囲気で言う。

「あ、そうなんだ……」

こんな時に、なんでこんな台詞《せりふ》しか言えないんだろう、私。

明はそう思いながらも、真城の笑顔から目が離せなくなっていた。

「でも、それはそれでよかったんだ。陶子が嫌ったから……。強い女は嫌だって……」

陶子という名前を聞いたとたん、明は心臓を抉《えぐ》られたような痛みを感じた。吸った息を吐き出すことすら忘れてしまう。

どうしてここでその名前を……

真城さんは何が言いたいの？

か細い息を吐いて、明は顔を伏せる。真城が何を語ろうとしているかはわからなかったけれど、耳を閉ざしたい気分だった。

「小さい頃から病弱で、陶子の楽しみは本を読むことだけだった。君のようにどんな場所でも……、書斎でも玄関でも、何時間も読みふけって……。母は陶子を産んですぐ亡くなって、あの子を寝かしつけるのは俺の役目だった……」

真城は懐かしげに目を細めた。

そうか……、真城さんのお母様は陶子さんを産んですぐに……

えっ？

ちょっと待って、それって……

明はハッと目を見開いて、勢いよく声をあげた。

「陶子さんって妹さん？」

「ん？　そうだけど……。えっ？」

明の言葉に、真城も目を見開いた。

「今まで君は陶子を誰だと思っていたんだ？　さっきもなんかおかしいと……」

そこで一旦口を噤《つぐ》んだ真城は首を振ってから、大げさに天を仰ぐ。

「だって、だって……。私、何も聞いてないから……。あの部屋に入るなって言われただけで……。大切な人って……てっきり奥さんかと……。雑誌にも大切な人のために恋愛小説を書いたってあったし、加藤さんともその……、いろいろ話していたし……。亡くなった奥さんのこと、まだ愛していて部屋を片付けたくないのかって、真城さんはずっと奥さんが一番なのかって……」

「はっ？　俺はずっと独身だ」

呆《あき》れたのか怒ったのか、真城は少しだけ吐き捨てるような物言いをした。

明は思わずびくっと首を竦《すく》める。

真城は「ああ……。まったく……」と呟《つぶや》き、頭を抱えて座り込んだ。

「俺は独身だし、陶子は妹。あの部屋には確かに思い出があって誰にも入ってほしくはなかったが……。まあ、そのせいで君には嫌な思いをさせたと思う」

座り込んだまま真城は一気に言う。

「本当になんかおかしいって思って……。いや、俺がその、もし何か気に障《さわ》ることをしたんならその……」

そのあとはものすごく小さな声になる。明には「謝るべきかと……」と言っているようにも聞こえた。

自分が何かして明を怒らせたらしいと思った真城は、頭を下げるつもりで慌《あわ》てて書庫の鍵を探して来てくれたのだろう。

そう思うと、明は嬉しさと同時に申し訳なさを感じた。しかも原因は自分の誤解だ。亡くなった奥さんだとずっと思い込んで勝手にもやもやしていたのが、今となっては恥ずかしい。

「あの、えっと、私がいろいろと想像しちゃって……。あ、でも……女の人から電話……。今日……、その人ですよね？　親しそうに歩いていたの、見ました」

そうだ。その件についてもまだ引っかかっているのだ。明はこの際とばかりに真城に聞いてみた。

「あの人が本命の恋人で、私は……」

遊び相手なのか？　とはさすがに聞けなくて言葉を濁《にご》した。

「君はっ……。ほんっ……とうに……」

明が何を言いたいのか即座に理解したらしく、真城はまた天を仰いで深くため息を吐いた。

「その想像というか妄想癖は……。ああ、いや、俺がきちんと説明をしなかったせいか……」

首を振りながら床から立ち上がると、真城は微笑んだ。

「一緒に歩いていたのは従姉妹《いとこ》だ。結婚して旦那もいるし子供もいる。口が悪いのが欠点で、日野さんの見舞いに一緒に行っていた」

「従姉妹？　お見舞い？」

「俺が嘘を言うとでも？」

ぐっと眉を寄せ少し不快そうにした真城に、明は慌てて首を振った。

「嘘とかそんなっ……。ただとても仲が良さそうだったので……」

「彼女の両親も我が家の早死にの運命から逃れられなくてね……。もっとも彼女の両親は事故死だったけど……。それで子供の頃は一緒に育った。日野さんはその時からうちにいる家政婦だし。一緒に見舞いに行こうと誘われたんだ」

「あっ……」

馬鹿だ、私……。

こうしてきちんと聞いてみれば納得できる理由があるのに、一人で勝手にあれこれ想像して悲しんだり苛《いら》ついたりしていた。明はがっくりと肩を落とす。

「でも……。これで……」

すっと真城の手が差し出された。

反射的に手を出して握ると、そのまま引き寄せられ抱きしめられた。

真城の腕の中は温かくて力強い。

彼はこんなにも温かな身体の持ち主だっただろうか。

こんなにも力強く抱擁《ほうよう》する人だっただろうか。

そんなことをぼうっと考えていると、耳元で囁《ささや》かれた。

「君を捕まえられる。ずっと捕まえていられる……」

「え、そ、それは……」

心臓が飛び跳ねる。全身もいきなり火照《ほて》って、息が苦しい。

「さっきの小説の続き、もっと知りたいか？」

囁く真城の唇が耳朶《じだ》に触れた。そこから甘くて蕩《とろ》けそうなものが流れ込んできて、明は頷《うなず》く。

本当に知りたいのは、なぜまだ陶子の部屋に入れてもらえないかということ。だが真城を押しのけて聞こうにも、こうして腕の中に閉じ込められていては抗《あらが》えない。

いや、抗う気が起きなかった。

「じゃあ、実践しよう」

「実践？」

「そう……。だって彼らはあのあとあそこで……。ねっ……」

額《ひたい》に軽く口づけを落とされて、明は真っ赤になりながら、小声で「はい」と答えた。

＊＊＊

「本当は熱い砂の上で、なんだけど……」

と言いながら、真城は明をベッドの白いシーツの上に寝かせてベッドサイドの明かりを点《つ》けた。

明かりがあるとなんか恥ずかしい……

そう思ったけれど、消してくれとも言い出せなかった。そう言うのすら恥ずかしいのだ。

鼓動は加速しっ放しだし、寒くもないのに震えがきそうで、なんだか怖い。真城に抱かれるのはこれが初めてじゃないのに、ベッドに横たわったまま気絶しそうな思いだった。

「どうした？　こんな場所じゃ不満か？」

明の髪を撫《な》でつけながら、真城が笑う。

「え？　ええっ？」

ベッドの上にいるのだ。不満なはずがない。

目を何度も瞬《しばた》いていると、真城はさらに笑った。

「台詞《せりふ》だよ。そう言って彼は……キスするんだ」

その言葉通り、真城の唇が明の唇を捉《とら》えた。

軽く啄《ついば》むようにしてから、上下の唇を舌でなぞってくる。そのとたん、明の背筋に鋭い痺《しび》れが走った。

なんだかじっとしていられなくなって、身を捩《よじ》ってしまう。

「じっとして……」

「そ、それも台詞？」

「さあ？　どうだろう？」

肩を竦《すく》めて真城はとぼける。

「ずるい」

口を少し尖《とが》らせて言うと、そこをペロリと舐め上げられる。

それから真城は服を脱ぎ始めた。脱いだ服をその辺に放り投げているのが、こんな時でも気になって仕方ない。が、すぐに恥ずかしさのあまり目を閉じてしまった。

「風呂場ではあんなに見ていたのに、今は見ないんだ？」

くすくすと笑う声が耳元で聞こえ、明は思わず顔を手で覆《おお》っていた。

「君は本当におもしろいな。目はもう閉じているのにさらに覆うのか？」

「だって……」

じゃあ、どうすればいいんだろう？　私も服を脱ぐの？

ふと、あの小説の主人公なら自分から服を脱ぐな、と思い、明はおずおずと自分の服に手をかけた。

「いいから……」

やんわりと阻止され、さっきよりも激しいキスをされる。顔を覆っていた手は両方とも真城に取られ、頭上で一まとめにされてしまった。

「んっ、んんっ……」

舌を強く吸い出され、甘く唾液を絡《から》められる。その感覚に眩暈《めまい》がしそうだ。

キスだけなのに、身体の奥が甘く疼《うず》いてすでに蕩《とろ》け始めている。

このままじゃ駄目……

溶けて無くなってしまいそうな感覚に襲われて、焦った明はまとめられた手を解《ほど》こうとしたが、そればかりに気を取られているうちに服を脱がされてしまっていた。

身に着けているのはボタンをすべて外された前開きのワンピースと、首までたくし上げられたブラジャーだけだ。

やだ……

中途半端に脱がされているのがこんなに恥ずかしいなんて……

全裸になった方がマシだと、明は手の自由を取り戻そうと必死でもがいた。

「何？」

キスを解いて真城は明を見下ろしてきた。その瞳には明らかにおもしろがるような色が浮かんでいて、明はますます恥ずかしくなる。

「その……、服……」

真っ赤になりながら呟《つぶや》いたが、真城は聞こえないふりをして、明の胸に舌を滑らせてきた。

「ひゃ、あっ、やっ……」

直接頂《いただき》を舐められたわけではない。周囲をなぞられただけ。たったそれだけのことなのに、全身が震えて跳ね上がってしまう。この先どうなってしまうんだろうか。

怖さと期待に明はくらくらしてくる。真城にすがり付きたかったけれど、両手とも頭上でまとめられているから、それができない。

「ま、真城さん……」

掠《かす》れる声で真城を呼び、潤《うる》んだ目で訴える。

明の気持ちをわかってくれたのか、真城は手を自由にしてくれた。しかし、服を脱がせてはくれない。もちろん明が脱ごうとするのも許さない。

少しでもそういう動きを見せると、再び手をひとまとめにしてシーツの上に縫い留めてしまうのだ。

「も、もう……。どうして……。私……。服を……」

泣きそうになりながら訴えると、真城は目を細めて笑った。

「そそる……」

「えっ？」

「全裸より、少し服が残っていた方がエロいだろう？」

「なっ……、そん……なっあぁっあっ」

抗議する声が途中から甘い悲鳴に変わってしまった。

真城が明の胸の突起を指で摘《つま》んできたからだ。

「だ、駄目……。んんっ、はっ……。んんんっ」

自分で聞いていてもいやらしく感じる喘《あえ》ぎ声を上げてしまう。明は唇を引き結び、必死にその快感に耐える。

「声……。堪《こら》えないで……。もっと聞かせて……」

指の腹で硬く尖《とが》ったところを何度も擦《こす》られた。たちまちそこは赤く色づき、硬く勃《た》ち上がってくる。

そうなると、軽く指の腹が触れただけでも鮮やかな悦《よろこ》びが全身を走り抜け、何も触れられていない方にもなぜかつきんとした快感が生じてくる。もっと刺激が欲しいと明の身体が暴走し始めたのだ。

恥ずかしいのに……。どうして……

胸を突き出し、腰も自然とくねり出す。意識したわけではないけれど、両太腿が擦《こす》れると、その間にある部分がカッと熱を持った。

「もう……。はっ、はあん……」

「もう何？」

真城の声に明は快感を煽《あお》られた。熱を持っていた場所が潤《うる》み始めてくるのがわかる。それを悟られたくなくて脚を閉じるのだが、その動作すら刺激になって、甘い蜜がトロリと滲《にじ》み出してきた。

さらに指だけで愛撫《あいぶ》されていた胸の頂《いただき》を舌で突かれる。その瞬間、さっき以上の悦《よろこ》びが明の全身に広がり、喉をのけぞらせて喘《あえ》いでしまう。

突《つつ》くだけでなく舌全体がねっとりと突起の上を這《は》い、唇がきつく挟んでくる。一瞬痛い、と感じるが、唇を離された時に血流が元に戻るような感覚が、よりいっそう明の熱を駆り立てる。

そこからぷつぷつと鳥肌が立つ。その鳥肌一つ一つにまで舌を滑らせながら、真城は明の乳房を舐め上げた。

その唾液が脇腹に滴《したた》って、シーツを濡らす。もちろん明の脚の間からも湿った露《つゆ》が溢《あふ》れ出て、シーツの別の箇所を濡らしていた。

「んん、やだ……。やっ……」

「嫌？　じゃあやめようか？」

意地悪な囁《ささや》きに、明は瞳を潤ませて真城を睨《にら》むことしかできない。

「ああ、そうか……」

何を思ったのか真城は笑みをこぼし、明の脚を膝裏から掬《すく》うように持ち上げた。そのまま大きく両脚を割られる。

「えっ……やっ、馬鹿っ……」

恥ずかしさを通り越して明はうろたえた。ベッドサイドの明かりにさらされて、何もかもがくっきり見えているんじゃないかと思い、逃げ出したくなる。

実際、オレンジ色の光を受けて、明のそこはぬらぬらと光っていた。まだ触れられてもいないのに、綻《ほころ》び始めている。

下生《したば》えの真下にある敏感な突起すら、周囲の薄い皮が剥《む》けて膨らみ充血していた。

「馬鹿？　俺が？　馬鹿なのは君だろう。こんなに……。俺に触ってくれってどこもかしこも主張してるのに？」

真城はなおも明の片脚を恥ずかしい形に持ち上げて、太腿の内側を舐め上げてきた。

「あっ……だって……。やっ……。駄目……」

中心が熱で溶けて、また蜜がじわりと滲み出すのがわかった。そんな状態を絶対に知られたくない。見られたくない。それなのに真城は許してくれない。

「駄目って……いや……駄目になってくれ……俺の手で……。そして見せて。君のいい顔といいところを……」

真城の息が荒くなっていた。

私を見て興奮しているのかしら、と明は思った。そのとたん、また蜜が溢《あふ》れてしまう。溢れた蜜が双丘の間に一滴流れ落ちる。真城はそれを舌で掬《すく》い取った。

「ふっ、んっんん……」

さらに明の蜜は溢れる。それもさっきよりも濃厚になって、お尻や腰やシーツを濡らしていく。

真城はわざとその蜜を音を立てて舌で舐め、唇を太腿の付け根に向けて移動させてきた。

「えっ！」

どきりと心臓が跳ね上がる。

まさか真城は……

「や、駄目っ、そこはっ……。あっあああっ！」

明の制止の声は空しく部屋に響き、代わりに嬌声《きょうせい》と激しい水音がこだました。

唇で下生えを挟まれ、ひっぱられ、それから育ってしまった突起を舌で弾《はじ》かれた。

「いっ……ああああっ、やっ……。んっ……」

もう明はまともな声すら出せず、ただ喘《あえ》ぎ声を漏《も》らすことしかできなくなっていた。

目の前に細かな火花が散り、身体が浮き上がったような感覚に包まれた。

真城の舌は、それでも容赦なく明を攻め立てた。完全に勃《た》ち上がった突起を舌で押し潰すようにして、何度も力強く舐めてくる。

コリコリと音がしそうな勢いに、明は我を忘れた。

あまりの強烈な快感に、腰から力が抜けていく。なのに蜜壺の中は勝手に蠕動《ぜんどう》し、熱い滴《したた》りをとめどもなく押し出してくるのだ。

真城の舌は明の突起を転がすだけでは物足りなくなったのか、ついに濡れそぼった花びらをかき分け出した。

「やぁっ……」

駄目だ。もう……

そう思うのに、力の入らない身体では脚を閉じられない。かかとでシーツを軽く蹴るのがやっとだ。

綻《ほころ》び切った花びらの一枚一枚に、真城は丁寧に舌を這《は》わせる。それから開き切った表面の溝に舌を往復させた。

熱い舌に明のさらに熱い蜜が絡《から》む。一度舌で掬った蜜を再び明の中に戻すように、舌はくねくねと動き、明を翻弄《ほんろう》する。

そんなことをあまりにも繰り返されるから、明はもう感覚がなくなっているような錯覚に陥《おちい》る。なのに肉の奥の方はますます熱を持って、ぐずぐずに蕩《とろ》けていた。

そこに硬く尖《とが》らせた真城の舌が差し入れられた。

「ひゃあっ！　んんっあっ……」

内側の肉襞《にくひだ》を舌で押され、舐められる。そんなところをこんな風に舐められるなんて、明は生まれて初めてだった。

喘《あえ》ぎ声がすすり泣きに変わってしまう。恥ずかしくて気持ちよくて、頭の中にもやがかかる。

なのに……

もどかしい。もっと奥まで舐めてもらいたいと感じてしまう。

彼の唾液なのか、明の蜜なのか。もうわからないくらいに下半身はどろどろになって、まるで粗相《そそう》をしたような状態だ。

指でぐっと左右に襞を押し開かれ、さらに舌が侵入してきた。欲しいと思っていたから嬉しい反面、刺激が強すぎて、びくん、と何度も腰が跳ねてしまう。明のそこは今や愛液を激しく噴き出していた。

飛び散った愛液が自分の腹や胸にまでかかり、真城の美しい顔にも散る。

「あっ……」

もう駄目……。もう……

気が遠くなる……

そう感じる明に対し、真城は容赦がなかった。

器用に顔を傾けて、明の蜜がいっぱい詰まった綻《ほころ》びの中に指を挿入させた。最初はゆっくりと、そして次第に速く、強く、何度も抽送《ちゅうそう》される。

その甘い衝撃に、明は息も絶え絶えになっていた。

襞が熱く蕩《とろ》けて真城の指に絡《から》みついて、きゅうっと締め付ける。

「あ、あぁ……」

気が遠くなると思ったけれど、明はまだきちんと真城を感じていた。それどころか、この快感がもっと続けばいいと思ってしまう。

真城もそう思っているのか、一気に明を追い詰めようとはしないで、指をいったん引き抜いた。その代わりに再び突起に舌を這《は》わせ、いったん押し潰してから、下へと滑らせてきた。

そうして滑らせた先にある明の綻びをさらに深いものにしようとする。

「や……あっ……嫌……。だ……めっ……」

何が嫌なのかもうわからない。ただ、口からはそんな言葉しか出てこないのだ。

じゅくじゅくと蜜が溢《あふ》れ続けて、それを真城が何度も飲んでいる。

そんなの駄目、飲んじゃ駄目……

頭の片隅でそう思うのだけれど、一方で飲んでくれて嬉しいと感じている。

私のすべてを真城さんは……

尖《とが》らせた舌で抉《えぐ》られ、充血した突起の薄い皮を時折剥《む》かれて、明は太腿を痙攣《けいれん》させた。

持ち上げられていない片脚でシーツを蹴り、いつの間にか真城の頭に手をかけてもっとと言わんばかりに真城を自分のそこに押し付けている。

「おいしいな。君の露《つゆ》は……」

明から顔を上げ真城が呟《つぶや》いた。とても満足げな声に明は嬉しくなる。

くちゅっと、舌の代わりにまた指を挿《い》れられ、中に残っている蜜をかき出すように動かされた。

「んっ、んんんっ、あっ……。駄目……。あっ……。私、変に……」

真城の指はどこを押せば明の蜜がもっと出るのかを心得ているようで、的確に快感の源を狙ってくる。

彼の指でそこに栓をされているようなものなのに、中の肉の襞《ひだ》と真城の指の隙間からは熱い蜜がとろとろと溢れ続ける。

不意に指が抜かれ、明は思わず彼の指を追って腰を振っていた。

「いっぱい出たね」

濡れて光った指を真城は明の顔の前に突きつけた。

「あっ……。やっ……」

恥ずかしすぎて、耳まで赤くした明は目を背ける。

「俺も君の中にいっぱい出したい」

真城の声は熱く掠《かす》れていた。

「でも……」

首を振り、真城はかすかにため息をもらした。それからベッドマットの下に手を入れて、何かごそごそと探っている。

何を？　と明は一瞬きょとんとしてしまったが、すぐに何のことかわかって、また真っ赤になった。

真城は取り出した物を手にしてから明に軽く口付ける。そしてゆっくりとそれを自分自身に装着し始めた。

急激に明の脈拍が速くなった。

見てはいけないものを見た気がして、慌《あわ》てて顔を背けたが、猛《たけ》り切ってぬらぬらと先端を光らせた真城の雄をしっかり見てしまった。

こんなものが私に……

これが入ってきたら、私、どんな風になってしまうんだろうか。

期待と不安が混じり合って、明の胸が震えた。

真城とこうなるのは二度目なのに、まるで初めてのような緊張感に襲われて、明は身体を丸めようとする。

「明……」

しかし直前に名前を呼ばれ、真城に両脚を抱えられた。その間に彼の身体が入ってくる。

「あっ……」

硬い切っ先が、熱くてじんじんと痺《しび》れるような明の蜜の中心に触れた。

何度か小刻みに綻《ほころ》びの表面を擦《こす》られたと思うと、その熱い先端がみだらな水音とともに潜り込んできた。そのまま彼の欲棒が明の中を拓《ひら》く。

「あっ！　あああっーっ！」

指や舌とは比べものにならない圧倒的な質量に、明の身体は大きく反り返った。

自分の中が真城で埋め尽くされている。隙間なんてないくらいに。なのに彼が動くと、隙間にある肉が擦れて、甘いうねりが生じるのだ。

「はっ……。くっ……。君の中は……。熱くて気持ちいい……」

真城がそう呻《うめ》く。

「俺にまとわりついて……。食い締めて……」

「やっ……。やあぁっ」

そんなこと、言わないでほしい。恥ずかしくてたまらない。なのに、真城に中の様子を告《つ》げられると、明の身体は素直に悦《よろこ》ぶのだ。

心とは裏腹にもっと欲しいと腰が動いて、真城を奥へ奥へと誘い込んだ。

蜜は枯れることなく溢《あふ》れ続けて明と真城を濡らす。気づくと明の目尻も濡れていた。

悲しいとか痛いとか、苦しいといった感覚から出た涙ではない。

気持ち良すぎて自然と流れてしまったのだ。こんな風に泣く場合もあるんだと、明は何度も高い場所に押し上げられながら思った。

「君と……、もっと、もっと交じり合いたい……」

白い肌を薄《うっす》らと赤く染めて、真城は大きく腰を押し込んできた。額《ひたい》には汗も浮いている。その汗が明の胸に滴《したた》る。

ぽつんと落ちるそれすらも明の皮膚を快感に染め、明の胸の頂《いただき》は硬く勃《た》つ。

腰が自然に浮いて、上げた両膝がその頂に触れた。自分の脚が当たっただけでぞわりとした甘い痺れが走って、明はぎゅうっと真城を締め付けていた。

身体はもうきついくらいに折れ曲がっている。そうしないと深く真城を受け入れられない。

奥まで……もっと深く……

もっと彼を感じたかった。

無意識に腕を差し出して真城を求めると、彼は明の腰を抱えて抱き起こした。

「ああっ！」

真城と対面する形になって、明の中で真城の位置が変わった。自分の身体の重みでより深く真城をくわえ込む形になっているのも新たな悦《よろこ》びとなって、明は高い声を放つ。

熱い楔《くさび》を下から何度も打ち付けられ、明はついに達してしまった。びくびくと肉筒を痙攣《けいれん》させ、全身を大きく震わせる。

「くっ……」

真城が呻《うめ》いた。彼も限界が近いのだろう。なのにまだ己《おのれ》を解放しようとはせず、いったん中にそれを収めたまま、明の額《ひたい》に口付けた。

それからまたゆっくりと動き出す。中で円を描くように腰を使い、明を揺さぶる。そうしながら明の首筋に舌を這《は》わせてくるのだ。

一度達してしまったのに、真城にそうされると、さっきとは違ったぬるま湯のような快感が全身に広がり、ひくりと肉筒が動く。

真城の雄にかき回されるたびに、枯れることのない蜜が溢《あふ》れ出して白く泡立つ。その間も、淫靡《いんび》な水音が部屋に響いていた。

真城の指が明の胸の頂点を強く弾《はじ》く。

「……っ、ひっく……」

下からの刺激だけでもう限界だと思っていたのに、胸から広がるまた違った悦楽に、明はのけぞった。

突き上げられるたびに、下生えに隠れていたはずの敏感な突起も擦《こす》られたり押されたりして、下腹が何度も波打つ。

なのに、なかなか極められないのは、一度達してしまったからだろうか。

もっともっと真城にいじめてほしくなるのだ。

「ふっ、んんんっ……。も、も……」

駄目なのに……。なのに……達《い》けない……

脳が焼き切れそうだった。どこからが自分の身体で、どこからが真城のものなのかもわからない。そんな激しい悦びの中で、明はただ甘い喘《あえ》ぎを発し続け、首を振る。

「どうした？　もう駄目？　それとももっと？」

こくりと頷《うなず》くと真城は笑い、明をまた揺さぶる。

「くっ……。それ、どっち？」

笑って真城は、より強く明を突き上げた。

「ほら……。だったらとことんやるよ。そして……。何度でも達って……」

「む……むっ……あっああんっ」

無理と言おうとしたのに、言葉にできずに明は喘《あえ》ぐ。

真城が明の身体をまた横たえたからだ。

そうして少しだけ抽送《ちゅうそう》を緩め、明の胸に手を這《は》わせてきた。真城は、柔らかく乳房を揉みしだき、明の綻《ほころ》びのぎりぎりまで己《おのれ》を引き抜く。

充血したそこがめくれ上がって、じんっと痺《しび》れたかと思うと、たっぷりとした蜜がこぼれ出ていく。その直後、ぐちゅっと音がして真城のものがまた奥へと戻された。

そんなゆったりとした行為がしばらく続くと、だんだんもどかしくなってくる。さっき達したばかりなのに、また何かが押し寄せてきて、ひくりと中が動いた。

「あ、あぁ……。ま……しろさん……」

もっと、と言いたかった。もっと激しくして、と。

そんなおねだりは恥ずかしくてできない明は、腰を高く上げて、両脚を彼の腰に絡《から》めた。精一杯の訴えだ。

「また達《い》きそう？　それとも、もっと欲しい？」

絡められた明の脚を真城は両腕で抱え上げ、力強く打ち込んできた。

「やっ、んんんっ、あぁっ、意地悪……」

「明……。かわいい……。大好きだ……」

「あっ……」

大好き……

その言葉を聞いたとたん、明は二回目の絶頂を迎えた。

一度目よりも激しく何度も身体を貫《つらぬ》く快感。もちろん真城を強く締め付けながら……

「んっ、あぁっ……」

眉をきつく寄せて真城が顔を歪《ゆが》めた。その瞬間、彼の動きが速くなる。

「明っ……」

叩きつけられ翻弄《ほんろう》され、もう何もわからないくらいの灼熱《しゃくねつ》に囚《とら》われる。やがてぐっと真城が自分の中で大きくなるのを明は感じた。

挿《さ》された時だって大きすぎるくらい大きかったのに、さらに膨張した真城が明の中でうねる。

「は、あっ、あっ、あああっ」

身体中が真城でいっぱいになる感じがして、明はがくがくと全身を震わせる。

溢《あふ》れ出る蜜が止まらない。真城が打ち付けてくるたびに、二人を濡らし続ける。

「くっ……。明……」

名前を呼ばれてそのまま口付けられ、舌を絡め取られた。互いの唾液が溢れて唇の端からこぼれ落ちていく。その小さな流れすらも、明には悦《よろこ》びだった。

上も下も真城に塞《ふさ》がれ、満たされて……

そして……

熱い奔流《ほんりゅう》が奥に叩き付けられた。

「んっ……はあっ！」

薄い膜に隔てられていてもわかるそれが、明にはものすごく嬉しかった。

「明……。ずっと側《そば》にいてくれ……」

その声がどこか遠くで聞こえる。

明は何もかもに満足して真城の身体の下で、目を閉じた。

＊＊＊

「君を信用していないわけじゃない……」

朝食の席で唐突に言われ、明は首をかしげた。

いきなりいったい何の話だろうかと思ったのだ。

昨日はあのまま真城の寝室で共に過ごし、朝を迎えてしまった。まだ身体もだるいし、気恥ずかしかったけれど、横で寝ていた真城のお腹が鳴ったため、慌《あわ》てて身支度をして、少し遅い朝食を作り、彼の目の前に置いたばかりだった。

せっかくなので同席した明もコーンスープに口をつけながらぼんやりと真城を見つ

めた。

「あの部屋……。陶子の……」

真城の言葉を聞いて、明はようやく自分が昨日、真城に何を言ったのか思い出した。

「あ、私、その……」

感情に任せて言ってしまったことだ。あまり気にしないでほしいと明は思う。

誰にだって、他人に触れてほしくないことのひとつやふたつはあるのだから、あんな風に聞いたのは間違いだった。たとえ相手が恋人や親兄弟でも……

言わなくていいからと首を横に振りかけるが、それより早く真城が口を開いた。

「最初は妹の思い出が詰まっていて、片付けられなかった。陶子は子供の頃から身体が弱くて、ほとんどの時間をあの部屋のベッドで過ごしていたし……」

告白めいた言い方に、明はただ黙って聞くことしかできなくなる。

実際、これは告白なんだろうな……とも思う。打ち明けてくれる気になったのが嬉しい反面、本当に聞いてしまってもいいのだろうか、という戸惑いが今さらながらに湧いてくる。

「そんな陶子の楽しみは読書と空想で遊ぶこと。小さい頃からずっと俺は彼女に読み聞かせをしてきた。そのうち陶子は兄様の作った話が聞きたいと言い出した」

当時を懐かしんでいるのだろう。真城の瞳が柔らかに細められた。

「それで真城さんは小説家に？」

「ああ。最初は君も読んだああいうSFとかを書いていたけれど、陶子が……」

真城は陶子との日々を語り出した。

思春期を迎えるまでは、病弱だからこそ、元気な女の子がめいっぱい活躍する話を陶子は好んだ。けれど成長するにしたがって、厭世的《えんせいてき》になった。

どうせ自分の病気は治らない。元気な女の子が主人公の話なんて読んだって、自分はそうなれないから、かえって辛い。

「結果、切ない恋愛物を書くようになった……」

「なんで……。私が陶子さんだったら切ない話は読みたくないのに」

ついそう呟《つぶや》くと、真城も頷《うなず》いた。

「俺もそう思ったんだけどな。現実が苦しいからこそ、せめて物語では明るく楽しくって。でも陶子は違っていた」

ため息を吐き出し、真城はもう冷めてしまったスープを飲み干す。

「感情移入ができなかったんだと思う。彼女は普通の生活を知らなかったから」

そういえば、と明は女性誌に書かれていた真城評を思い起こす。

――真城忍の作品は、ヒロインが病弱だったり、不慮の事故に遭《あ》ったりする物が多い。舞台も病院や療養地の別荘ばかりで、いわゆる〝日常〟がそこにはない。ひと昔もふた昔も前の少女漫画的な悲恋物《ひれんもの》だ。

辛辣《しんらつ》な評ではあるが、逆に『だからこそ若い女性に人気だ』、『ベタなのがいい』、『安心して読める』という好意的な評もあった。

「陶子さんの生活に合った……、彼女が想像できる範囲での話を書くようになったんですね。いつも切ない悲恋なのも、誰かと幸せになる未来を陶子さん自身が想像できなかったから?」

それこそ切ない話だ、と思いながら明は聞いた。

「うん。そうだね。すべて陶子のための話だし、彼女のために書いた。今も陶子に読ませるつもりで書いている」

「そうなんですね」

頷いてはみたものの、最初の話から逸《そ》れてしまった気がして明は首をかしげた。

元々はあの部屋になぜ他人を入れないのか、ということではなかったのか……

明のそんな疑問に気付いたのか、真城は目を瞬《しばた》かせて笑う。

「陶子の部屋に入るなって言っていたのは、昨日、君も言ったけれど、最初は未練……かな? 彼女の思い出をずっとしまっておきたかった。そんな調子で丸一年経って……。その間に従姉妹《いとこ》が結婚した。さすがに一年もすると、俺の悲しみも癒《い》えてきて、他の誰にも入らせたくないという気持ちは薄れてきたんだが……」

そこで真城は言葉を切り、照れくさそうにした。

「ひょっとして……、片付けるのが面倒になったんですか？」

真城ならあり得ると聞くと、彼はさらに照れたように顔を少し背けた。

「それは否定しないけど……そんなこんなで誰も入れないでいたら、小さいけれども俺や俺の周囲にいいことが起こり出して……。だからこのまま誰も入れないでいると、もっといいことが起こりそうな気がして……なんだか誰も入れたくなくなった。一種のジンクスかな？」

「えっと……」

そんな理由で？　と明は少し呆《あき》れた。いや、元を考えれば呆れちゃ失礼なのかもしれないけれど、なんとなく気が抜けた。もっとすごい理由があるんじゃないかと、心のどこかで感じていたからだ。

「その顔は呆れてる？　まあ、自分でも呆れているけどね」

苦笑する真城に、明はときめいた。

最初の頃はこんな顔、見せてくれなかったのに、今はいろいろな顔を見せてくれる。

「だから、これからは君があの部屋を掃除してくれ」

「それって……」

心臓が跳ね上がった。

「いいことが起こるようにってジンクスなのに……」

「ああ。いいことはもう起こっているからいいんだ」

「あ……。はい？」

「君がいる。君と夜を共にして、こうして一緒に朝食を食べている。それが俺には一番のいいことだ」

カッ、と全身が熱くなった。顔が赤くなるのを止められない。

「えっと、スープもう冷めてましたよね。温め直します」

明は立ち上がり、コンロの前に行った。赤くなったのをごまかしたかったのだけれど、しっかり真城にバレていたらしい。

背後でくすくすと笑い声が聞こえた。

真城と心も身体も一つになれて、明にとっても幸せで『いいこと』だったのだが、こんな笑い方をされると少しむくれてしまう。

それでも、こんな風に笑ってくれる真城を見られたのが嬉しかった。

いいことがもっと続くといい。自分にも真城にも。

明は喜びを噛み締めながらスープ鍋を再び火にかけた。

「ああ、そうだ。あとでコンドームを買ってきてくれないかな？　昨日のでもう切れた」

「はいぃっ？」

何を言い出すんだと、明はスープ鍋をひっくり返しそうになった。

「たまたま昔使っていた残りがあったからよかったけれど……。ないと君をこの先ちゃんと抱けないだろう」

「なっ、なっ、なっ……」

恥ずかしさで明はまともに口をきけない。

「冗談だ……。そのくらいは自分で買ってくるよ」

笑う真城が憎たらしかった。

でも、こういう気安さやからかいが嬉しい。明は真っ赤になりながらも、そう感じていた。

8

一心不乱に真城はキーボードを叩いている。

その音が広いリビングに響き渡っていた。

明の側《そば》にいたいのか、それとも気分転換なのかはわからないが、真城は仕事部屋ではなく、ノートパソコンを持って来てリビングで執筆していた。

そんな真城が座るテーブルに、明は邪魔にならないようにそっとコーヒーを置いた。

「コーヒー？」

ふと真城が顔を上げる。

「はい。さっきコーヒーって……」

そう答えると、彼はどこか不機嫌そうに眉を寄せた。

「そうか……」

ボソリと呟《つぶや》き、コーヒーを受け取ると、ノートパソコンを抱えて席を立った。

「やはり自分の部屋でやる。呼ぶまで来るな」

「はい」

どうやら締め切りが近いらしい。数日前からぴりぴりした感じが真城から漂《ただよ》ってきていて、明もつい緊張してしまう。

明が陶子の部屋に入るようになってから二週間。

一時期、仕事に差し支《つか》えるくらい明にくっついて回っていた真城は、ここ数日はこうしてすぐに席を立ってしまう。

それはそれで寂しいと、明はふっと息を吐いた。

「あ、いや、その……。そんな寂しそうな顔をするな」

真城に言われて初めて、明は自分の胸の内を顔に出してしまっていたのだと気付いた。

「君の側《そば》にいたいけど、いるとその……、抱きたくなる……」

「え、あ、はい……」

はっきり抱きたくなると言われて、明は身体の中心に火が灯ったような感覚に襲われる。

それを悟られたくなくて、慌《あわ》てて後ろを向く。

「とにかく……、しばらく一人で仕事するから」

「あ、はい……」

不意に近付いてきた真城が頬に口付けをする。が、それは軽いもので、明がどきりとしている間に、彼は部屋を出て行ってしまう。

嬉しいけれど寂しい。

彼が自分の側で仕事をしていて当たり前。これからもずっとそんな日々が続く。先日までそう感じていたから、なおさらだった。

でも……

契約期間はあと二週間。できれば真城とこうして一緒に暮らしていたい。

だから、契約を延長できないか真城に相談してみようか——明はそう考え始めていた。真城も明がアパート探しをするのを嫌がっているようだし、明もここで働けるなら給料なんていらないとすら思っている。

でも、このままきっかり三ヶ月で仕事を終えて、他で働きながら真城と付き合うのもいいかもしれない。かえって新鮮で長続きするかもしれないし……

そこまで考えて、明は玄関の掃除に向かおうとしていた足を止めた。

私、真城さんとこの先どうなりたいんだろう？

ずっと恋人？　それとも……

明はこのままの生活を望んでいる。真城と一生一緒にいたい。

それはイコール結婚で……

結婚、という二文字を思い浮かべただけで、明はなぜだか硬直してしまう。

まだ恋人同士になったばかりなのに、そこまで考えてしまう自分が、欲深くあつかましく思えて恥ずかしい。

ここでずっと働かせてほしいとは思うけれど、それ以上は望んではいけない。そんな気がする。

なんだか随分と私は弱気になっているな。

明は苦笑した。

契約がそろそろ終わりに近づいているせいだろう。

なのにまったく先が見えない。だから心細いんだ。

それでいて、〝日野さんが戻ってきてもここにおいてくれ〟と、なかなか真城に言い出せない。彼が忙しくなってしまったせいだ。

締め切り間際のこの時期に、そんな話で煩《わずら》わせたくないという気持ちが明の中にはあった。

こんな風にぐだぐだだらだらしているうちに、時間はあっという間に過ぎていく。次に住む場所だって、まだきちんと決めていないのに。

真城を煩わせたくはなかったが、やはり今夜こそ切り出そう。

なんて言おうか？

単純に契約更新？　それとも部屋代を払うから居させてくれ？

ガン。バシャ。

そんなことを考えながら玄関の掃除をしていたせいで、バケツにつまずいて、派手に水をこぼしてしまった。

「もう……」

らしくないな、とため息をついた時、屋敷の奥から真城が走り出てきた。

「どうした？　何がっ……」

息を切らしている真城は、焦りと心配がない混ぜになったような顔をしていた。

「あ……。ごめんなさい。ちょっとバケツにつまずいて……」

「……そうか……。ならいいが……。もう少し静かにやってくれ」

それだけ言うと、真城は明に背を向けて引っ込んでしまった。

忙しいのはわかるし、心配もしてくれたけれど……

すぐにいなくなってしまう真城を見て、今夜こそという決心がぐらぐらと揺らぐのを、明は感じていた。

＊＊＊

真城に契約更新のことを言い出せないまま、数日が過ぎた。

いや、それどころか、この数日、彼とまともに会話をしていないのだ。

真城はまるで明を避けるように仕事部屋にこもりっきりで、食事も仕事部屋まで持ってこさせる。

彼は、君の姿を見ると浮かれて仕事にならないとか、抱きたくなるからとか言っていたが、明にしてみれば寂しくて仕方ない。

ついこの間までは二人で食卓を囲んで、楽しく会話する回数も増えていたのに、あまりにも極端すぎる変化が悲しかった。

しかし、いつ寝て、いつ起きているかすらもわからないほどに、彼が追い込まれていることは理解できる。

きっと今の仕事が終わったら、いつもの真城さんに戻ってくれるわよね。

どうしてもため息が出てきてしまうが、努めて明るい笑顔を作り、明は真城に頼まれたコーヒーを持って部屋のドアをノックした。

「あれ？」

いつもならすぐに返事があるはずなのに、何の反応もない。

そんなに集中しているのだろうか。それともまた、寝ている？

つい昨日、食事を運んだ時も、真城は机に突っ伏して寝てしまっていた。少し開いていたドアからその様子が見えたから、明は彼にタオルケットをかけてそっとしておいた。

結果、怒られた。

余計なことをするな。むしろ起こせと言われたのだ。

だから、もしまた寝ているのなら起こしてあげようと部屋へ入る。

「真城さ……っと……。いない……」

そこに真城はいなかった。

「どこ？」

明が気付かないうちにふらりと庭にでも出たのだろうか。

真城のことだ。コーヒーを飲みたいと頼んでいても、ふと思い立ったり気が変わったりして、別の行動に移ってしまった可能性もある。

二階にもトイレはあるからそっちへ行ったのかもしれないし。

「さめちゃうのに……」

そう呟《つぶや》きながら、明はコーヒーを真城のデスクの上に置いた。

ふと、つけっぱなしのパソコンのディスプレイに、たくさんの文字が連なっているのに気付く。

真城の書く悲恋物《ひれんもの》は苦手だったけれど、目に入った部分だけでもおもしろそうだ。そう思い、明はついついその小説を頭から読んでしまった。

それは、真城が得意とする悲恋物ではなく、コメディタッチの話だった。

真城さんにしては珍しい、と頭の片隅で思った時……

「何をしている……」

背後で真城の声がした。ものすごく機嫌が悪そうな声だ。その声で、明はようやく自分がいけないことをしたと気付いた。

完成原稿ならともかく、執筆途中の作品を断りもなく読んでしまったのだ。言い訳もできない。

「読んだのか？」

「ご、ごめんなさい私……」

「あ、はい。その。本当にごめんなさい。勝手に私……」

申し訳なさで胸がいっぱいになって、明は縮こまった。

「別に構わない。どうせこれは全削除だから」

そう言ったそばから、真城は書いた物を本当にすべて消去してしまった。

「え、え？　そんなっ、おもしろいのに。それに締め切りだって……」

近いのではないかと続けようとしたが、真城に睨《にら》まれて口を噤《つぐ》む。

「おもしろい？　どこが？　君にはおもしろいかもしれないが、俺の読者は……、陶子はこれを望んではいない」

吐き捨てるように言われてしまい、明は二の句が継げなくなる。

「で、何の用だ？　仕事中は入るなって言わなかったか？」

怖い……

明は身を竦《すく》ませる。

いつもの真城さんじゃない。

「コーヒー……さっき淹《い》れてくれって……」

初めて屋敷に来た時より、なんだか怖くて取り付く島がない感じだ。自然と明は小さな声になってしまう。

「ああ……」

不機嫌さを隠そうともしないで真城はコーヒーカップを一瞥《いちべつ》すると、乱暴に掴《つか》み上げ、若干ぬるくなりかけた中身を一気に飲み干した。

「ありがとう。でも、もう用はない」

そして空《から》になったコーヒーカップを突きつけてきた。

「あ、はい……」

それ以外に何も言えないし、用はないと言われた以上とどまるわけにもいかず、明は彼の部屋から退出する。

用はないって……。

その言葉がきつく心に響く。

なんだかな……。

消してしまった小説だって、いくら読者が望んでいないからって全否定しなくても。

せっかくおもしろかったのに……

あれのどこがいけないのだろうか。そんなに読者の期待通りにしなければならないのだろうか。

それ以前に……

真城は、〝陶子が望んでいない〟と言わなかったか？

彼はまだ妹の思い出に囚《とら》われているのだろうか？

普段は明と楽しく過ごしていても、執筆に関することとなるとやはり陶子が基準になってしまうのか……

明は顔を曇らせた。

この間は、これからは君が陶子の部屋を掃除してくれって言ったのに……。今まで部屋に誰も入れなかったのは、ジンクスみたいなものだって言ったのに……

そのジンクスだって……。いいことはもう起きたって……私が側《そば》に……

そこまで考えたとたんに涙が出そうになって、明はギュッと唇を噛みしめた。

今になって、真城の気持ちがわからなくなった。

あの部屋への立ち入りは許されたけれど、肝心の真城本人の心の中には入れないのか……

何もかも、すべてを知りたいわけではないし、教えてくれと言うつもりもないけれど、あと少し、ほんの少しでいいから、わかるように説明してほしい。

どうしてまだ陶子にこだわるんだろう。

明にはわからなかった。

いつか話してくれると信じて、今は待つしかないのだろうか。

それにしても、ただ待つだけなのは辛い。せめて彼のために何かしてあげたいのに、この状況だと何もできないのが苦痛だった。

何もしないで原稿に集中させてあげるのが一番いいのかもしれないけれど……

それでも何かしたい。してあげたい。

そうだ。せめて……

明はキッチンへ走った。待つ以外にできることを思いついたのだ。

食事を作ろう。

おにぎりを作っておこう。それを部屋の前に置いておけばいい。

夜型生活をしている真城は、ブランチと夕食の他に、夜食を取ることが多い。

明がこの屋敷に来た頃は、俺に付き合って夜中まで起きている必要はない、腹が減ったら適当に買い置きのカップ麺を食べるから、何もしなくてもいいと言われ、今まで素直に従っていたのだ。

でも、おにぎりを作って部屋の前に置くくらいなら仕事の邪魔にならないよね。

「うん。そうしよう」

明は自分を励ますようにそう声を出して、支度に取りかかる。

具は何がいいだろう。

真城さんはあんまり酸っぱいのは得意じゃないから、梅干しじゃない方がいいわよね。

でも……運悪く冷蔵庫の中におにぎりの具になりそうな物はない。

それに気付き、明は買い物に出かけることにした。

もう夜の十時近かったが、いつも行くスーパーは十一時まで開いている。今ならまだ間に合うと、明は慌《あわ》てて外に出た。

えっ？

そのスーパーでおにぎりの具を選んでいると、いきなり誰かに肩を叩かれた。

確かに毎日のようにこのスーパーで買い物をしているから顔見知りは増えたが、肩を叩いてくるほど親しい人間はいない。

誰だろうとドキドキしながら振り返ると、馬場が立っていた。

「明ちゃん。久しぶり。こんな時間に買い物？　大変だね」

「お久しぶりです」

にこにこと笑う馬場につられるように明も微笑み返したが、なぜ彼がここにいるのだろうと首をかしげてしまう。

それに気付いたのか、馬場はまた笑う。

「あ、今僕この近所に住んでいるんだ。そういえば真城さんのお宅もこのあたりだね」

「えっ、お引っ越しされたんですか？　それにしてもすごいです。だってこの辺、高級住宅街じゃないですか」

思わず勢い込んで言うと、馬場はぶんぶんと首を横に振った。

「僕の甲斐性《かいしょう》で引っ越したんじゃないよ。僕の奥さんの実家がこの辺にあって、それで一緒に住むことになっただけで。義理の両親がもうけっこうなお年だし、老人の二人暮らしっていうのもいろいろ心配だから。それより今の仕事どう？　もうすぐ契約も切れるし、結局ずっと住み込みだったね？　彼に何かされてはいない？　何しろ男女の二人暮らしだし……」

心配顔で気遣ってくれる馬場に、明は泣きそうになる。

「いえ、その……」

「まさか、何かされちゃった？　もしそうなら……」

「あ、その……。違うんです。ただ馬場さんに会えて懐かしくて……」

馬場が言う『何か』ならとっくにされてしまったが、合意の上のことだ。泣きそうになったのは、もちろん今の真城との関係が理由で……

だ、それを馬場に相談してもいいのだろうか。どう考えても個人的な恋愛問題だ。

「そういえば私まだ、次に住むところ見つけてないんですよね。もう、面倒くさいから次の職場も住み込みにしたいなって」

明るい調子で言うと、馬場は少し呆《あき》れたような顔になって微笑んだ。

「住み込みねぇ……。なかなかないんだよね。あ、でもまだアパートが決まってないんなら、しばらくうちに来るといいよ」

「え、それって奥さんの実家ですよね？」

「そう。広くってねー。ものすごく古い日本家屋なんだけど、部屋はいっぱいあまっている。明ちゃんなら、きっと僕の奥さんも両親も歓迎するよ。あ、もちろん家賃はもらうけど」

古い日本家屋か。今度はそういう所に住むのもおもしろそう。きっと料亭とか旅館みたいなお宅なんだわ。

脳裏に仕事で行ったことのある古い日本家屋を次々に浮かべた明は、そこでの生活をしばし想像した。

けれど、そこに真城はいない。

そう思ったとたんに胸がきゅっと音を立てて小さく痛む。

「そうですね。ひょっとしたらお世話になるかもしれません。その時はよろしくお願いいたします」

胸の痛みをごまかすように、明は馬場に深々と頭を下げた。

「とりあえず送るよ。もうこんな時間だし」

「あ、はい。ありがとうございます」

明は馬場の厚意をありがたく受け入れる。ここのところ真城とも会話らしい会話をしていないし、誰かと話すのは楽しい。

だから、屋敷までの道のりがあっという間だった。


それにしても……。原稿の締め切りはいつなんだろう？

屋敷に帰り着き、おにぎりを作ろうとキッチンに立ちながら、明は身を切られるような寂しさを感じていた。

契約が終わる前に締め切りが来てくれれば、そのタイミングで〝契約後もここに居たい〟と切り出せるけれど、今現在の状態でそれを言うのは憚《はばか》られる。締め切りが契約終了よりずっと後であれば、ひとまずこの屋敷を出たほうがいいだろう。そうなると、やはり住むところが必要だ。

それに、次の仕事の問題もある。

屋敷まで送ってもらう途中で馬場は、住み込みではないものの、次の職場の候補をいくつか挙げてくれていた。返事は早くした方がいいのだが、真城の返事を待って――と思い、「考えます」とだけ言って、その場は別れたのだ。

「もう……」

こんな風にぐだぐだ悩むのは嫌なのに。

「どこに行っていたんだ？」

頭を振って悩みを追い出そうとした時、背後から真城の尖《とが》った声がした。

「あ、はい。えっと……」

声も怖いけれど、こちらを見ている真城の顔も怖くて、明はつい口ごもる。

「あの、夜食でもと……」

「それで買い物か？」

大げさなため息が真城の口から漏《も》れる。

「はい」

「余計なことはするなって言わなかったか？」

「え、あ、はい。でも……」

どうしよう。

明はうろたえた。真城はさっきよりも機嫌が悪そうだ。

眉間に皺《しわ》が寄っているし、長い前髪を苛々《いらいら》とかき上げている。顔が美しい分、ただ機嫌が悪いだけでは収まらない、迫力のようなものまであった。

「でも、なんだ？」

「あ、だから、おにぎりを作り置きするくらいなら余計じゃないかなって……。何も食べないのも身体に悪いし……」

「だからって君は、この時間に買い物に行ったのか！」

真城の大声にびくっと身体を震わせて、明は縮こまった。

「具になるものが、なかったから……」

「だったら塩結びで充分だ。夜遅くに出歩いて、何かあったらどうするんだっ！　コーヒーを頼もうと思ったら君がいない。どれだけ俺は……」

心配してくれてたんだ……。

明は真城が怒っているにもかかわらず、嬉しくなってしまった。つい微笑みそうになるところを、彼にじろりと睨《にら》まれ、明の口元は微妙な形で固まってしまう。

「ごめんなさい。私……」

真城はまだ何か言いたそうにしていたが、顔を歪《ゆが》めて首を振った。

「とにかく今は……。いろいろ余裕がないんだ。だから、俺を煩《わずら》わせないでくれるか……。ただでさえ、この間からつまらない話しか書けなくて、書き直しばかりしているんだ」

あっ……私、煩わせちゃったんだ……。そうだよね……

心配してくれたということは、その間、原稿を書く手が止まったということで……

「ごめんなさい。本当に……。私、確かに余計なことしてますね」

うなだれて謝ると、真城は「本当だ」と呟《つぶや》く。

「でも、お仕事そんなに進まないんですか？　さっき書いていたのじゃ駄目なんですか？　つまらない話ばかり書いているって言うけれど、あれ、おもしろかったです。続きが読みたいけど……」

励ますつもりで言ったのだが、真城の眉間の皺がさらに深くなった。

「あれは駄目だ。あれはいつもの俺の悲恋《ひれん》じゃない」

「でも……。そんなに悲恋じゃないと駄目なんでしょうか？」

「当たり前じゃないか。陶子はああいう話は好まないんだ」

その言葉を聞いて明の中の何かが弾《はじ》けた。

「また陶子さんですか？　読者ではなく、陶子さんの？　陶子さん……もういないのに……。どうしてそこまでこだわるんですか？　どうして生きている人のために書こうとしないんですかっ」

決して大声を張り上げたわけではないけれど、明は自分の声がよく響くのを感じた。

「私はこの間の話の続きが読みたいです。私のために書いてはくれないんですか？　今生きている私が喜ぶものをっ！」

言いすぎだ。ここまで言ってはいけない。

そう思ったけれど、止められなかった。

「今、真城さんが大変なのはわかります。けどっ……。もっと……。ここに生きて動いている私がいるのに……。私のことをもっと見てほしい。私の相手をしてほしい。忙しいってわかっているけれど、私……」

今まで我慢してきたことが、一気に噴き出してしまった。

そう。

私はもっと真城さんに構ってほしいんだ。

忙しいのはわかっているけれど……

もう少しだけでいいから……

「俺がっ……」

そこで大きく息を呑んだ真城は、次の瞬間ますます顔を歪《ゆが》めた。

「そうか……。俺が構ってやらないから、君は他の男と一緒だったんだな？」

「えっ？」

何を言われているのかわからなくて、明は目を見開いて真城を見つめた。

「随分楽しそうに会話して。俺には見せない笑顔で……」

それって……

「馬場さんのこと？　彼にはただ送ってもらっただけで、私はっ……」

明がいないと気付いて心配した真城は、玄関や勝手口にまで様子を見に来たのだろう。

その時に馬場と一緒のところを見られたのだと、明はすぐに理解した。

すると真城が掠《かす》れた声を上げる。

「ただ送ってもらっただけ？　ものすごく都合がいいなっ！」

「都合がいいって……。本当なのに……」

明は真城が誤解していることに気付いた。けれど、うまく言葉が出てこなくて、きゅっと拳を握りしめるのがやっとだ。

「本当？　ああ。本当かもしれないな。けど俺がっ……。くそっ、まるでこれじゃあ、ただの……」

真城はガン、と壁を叩いた。

「真城さんっ！」

そんなことをしたら手を怪我してしまう。

明は慌《あわ》てて真城の腕にしがみつこうとする。

「俺に触れるなっ！」

いきなりドンッ、と思い切り突き飛ばされた。

その勢いで、明は背後にあったカウンターキッチンに腰を打ちつけた。じんと痺《しび》れるような痛みがそこから全身に広がっていく。

真城が怖い。こんな風に思ったのは初めてだった。

「今は君に触れられたくないし、触れたくないっ！」

「なっ……。真城さん？　どうしたんですか？　なんか変です……。私、そんなに真城さんを怒らせましたか？」

本当にどうしたというのだろう。いくら仕事がうまくいかないからって、苛々《いらいら》してい

るからって、こんな風に突き飛ばしてくるなんて、いつもの真城らしくない。

馬場とのことを誤解して嫉妬《しっと》したのかもしれない。けれど……

早くいつもの彼に戻ってほしい。どうしたらいつもの彼になるんだろうか。こんな彼

は見たくない。これ以上、彼からひどい言葉を聞きたくない。

「変？　ああ。変かもな。そんな格好の女を見て変にならない男はいない」

そう言われ、初めて明は自分のスカートがめくれ上がっているのに気づいた。さっき

カウンターにぶつけた時に、めくれ上がってしまったのだろう。

真城の目が妖《あや》しく光り、明の全身にねっとりとした視線が絡《から》みついた。

やだ……

身体が勝手に動いて、逃げるように背を向けていた。

なのに……

あっさりと腕を掴《つか》まれ、強く抱きしめられた。

「いやっ、やっ、真城さん……」

「何が嫌だ？　俺を誘っているんだろ？」

そんなひどい言葉を浴びせかけられて、床に押し倒された。

「違うっ、どうして……っ」

嫌だ。嫌だ。どうして真城さん……

明は軽いパニックに陥《おちい》る。彼がどうしてこんな行動に出るのかわからない。何がいけなかったというのだろう。

「そんなに嫌か？　俺が嫌か？　あの男の方がいいとでも？」

やっぱり馬場との関係を誤解している？

嫉妬《しっと》されるのは愛されている証《あかし》なのかもしれない。だが、こんな状況でそれを喜べるわけがない。むしろ怒りに近い悲しみが込み上げてきて、明は叫んだ。

「やめて！　こんなことする真城さんは嫌いです！」

「……っ」

息を呑む音が聞こえて、明の脚を無理矢理開こうとしていた真城の手が止まった。ひどく驚いたように目を見開き、蒼白な顔をしている。

「そうだな……」

掠《かす》れた声で呟《つぶや》くと、真城は明に背を向けた。

「早くどこかへ行ってくれ……。君の顔は見たくない……」

「えっ？」

「俺が嫌いなんだろう？」

「あ……」

それは……。確かにこんな真似をする真城は嫌いだ……。でも、今の彼の言い方だとまるで……

明は息を呑んだ。

「だから早く行ってくれ。行けよ、早くっ！」

鋭い口調で言われ、明はびくっと肩を震わせた。

「わ、わかりました……」

私、なんでわかったなんて答えているんだろう。もっと他に言うことがあるんじゃないかな？

けれど、なんと言っていいのかわからない。

立ち上がるとスリッパが脱げていたらしく、足裏に硬い床の感触が広がった。それがやたらと冷たく感じられる。

真城は身じろぎもせずに息を殺して、明がキッチンから出て行くのを待っているようだ。

同時に、明は真城が引き止めてくれるのを待っている自分がいることに気付いた。

だから、ほんの少しだけ立ち止まってみたが、彼からは何のアクションもない。そうしているうちに足の裏から床の冷たさが這《は》い上がってきて、もう立っていられないような気分になる。

なんだろうこれは？　何かが変だ。何かが違う。どこでどう私は間違えたのだろう……。何かを間違えたからこんなことに……

明の頭の中にそんな思いが薄ぼんやりと広がっていく。

とにかく一晩寝て……。そうだ、お風呂に入ろう。今日はまだ入ってなかったし、なんか身体が冷えてきちゃったし……

ゆっくりお風呂に入って寝てしまおう。

もう……今は何も考えたくない……

のろのろと歩き出し、明はキッチンから出た。

あ、でもお風呂に入る前にキッチン片付けなきゃ……。真城さんがキッチンから出て行ったらすぐに……

そうだ、明日はキッチンマットの洗濯をしよう。

お天気、大丈夫かな。雨降るって予報だったけど……

洗剤も買いに行かなくちゃ……。そろそろなくなる頃だし……

人気《ひとけ》のない廊下に、自分の部屋に向かう明の力ない足音が響いた。

その音を耳にしたとたん、明の瞳から涙が一筋流れた。それは次第に嗚咽《おえつ》となって、明はこぼれる涙を拭おうともせず、部屋に戻った。

9

翌朝。

天気予報は雨模様だと言っていたが、見上げれば雲ひとつないい気持ちのいい青空が広がっていた。しかし、それとは裏腹に明の心は曇っていた。

それでも、いつも通りに起きて玄関ホールの掃除をしているのは、半ば現実逃避かもしれない。

箒《ほうき》でタイル部分を掃きながら、昨夜のことを思い返す。

あんなに苛立《いらだ》って乱暴な真城は嫌いだ。しかし、恋心が冷めたわけではない。

だから辛いし、悲しい。

今日だって、どういう顔で真城と接していいのかわからない。

すると、珍しく午前中に起きてきた真城が玄関までやってきた。

「昨夜はすまなかった」

「え、あ、はい」

いきなり謝罪されて、明はおろおろしてしまう。

「おはようございます。こんな時間に起きてくるなんて……」

明はそう言ったが、よく見るとその顔は寝起きではない。目の下にはクマ。髭《ひげ》も薄《うっす》らと生えている。

それでも元々の美貌が損なわれていないのが、なんだか腹立たしいくらいだ。

「すみません。徹夜だったんですね」

慌《あわ》てて言い直して頭を下げたけれど、やはりまともに彼の顔を見られなくて、明は掃除に専念しているふりをした。

「そう……。徹夜だ。君がいると仕事がはかどらなくて……」

その台詞《せりふ》を聞いて身体が硬直した。

「それ……どういう意味ですか？　私が真城さんを嫌いって言ったから？」

やだ。私、何を言っているの？

真城さんはきちんと謝ってくれたのに……。私も謝るべきなのに……

余計なことをするなと言われてたのにやってしまった。だから彼は苛ついたんだろう。

昨夜馬場に送ってもらったことだって、せめてその理由をきちんと説明するべきだった。

なのに口をついて出てくる言葉は、謝罪とはまったく違うものになってしまうのはなぜ？

「だって、嫌いなんだろう?」

真城の言葉がぐさりと明の心に突き刺さった。

「あれは……っ。ああいう真城さんが嫌いってだけで……」

胸の痛みを堪《こら》えながらなんとか答えると、真城は口角をかすかに上げた。

笑っているのだ。それも決して楽しくて笑っているのではない。苦笑……いや冷笑といった感じだった。

「そう? ああ……。いや、もういいんだ……」

口元を歪《ゆが》めたまま真城は首を振る。

「いいって、何がいいんですかっ! 私、真城さんが好きです。好きだから辛いんです。昨夜みたいな真城さんを見るのは嫌っ! でも好きなんです!」

ああ。私はいったい何を言っているんだろう。

ここはこういうことを言う場面じゃない。きっと違う。もっと他のことを……

頭の片隅ではそう感じているのだが、それがうまくまとまらないまま明はさらに言い募《つの》る。

「余計なことをするなって言われたのに、私……。でも、それだって少しでも真城さんの力になりたくて……」

「わかっている!」

明の言葉は真城の大声に遮《さえぎ》られた。

「わかっている。だから謝った。昨夜はどうかしていた。けれど……」

確かに昨夜の真城はどうかしていたと思う。しかし、彼をそんな風にした責任は自分にもあるような気がして、明はうなだれる。

「すみません。私……真城さんの気持ちというか、状況もよく考えないで……」

もう、こうやってぎくしゃくするのは嫌だ。

明はなんとか修復を試みようとした。

「何も言うな。少し黙っていてくれないか……」

真城は眉間に皺《しわ》を寄せて、明を制する。そして自分も黙り込んだ。何を考えているのか、眉間の皺は次第に深くなり、たまに首を振ったりしている。

今の明には、うるさく鳴り始めた心臓の鼓動の音を聞きながら、彼を見ていることしかできなかった。

このあと何を言われるのか。妙に緊張して、背筋に嫌な汗が伝っていく。

「申し訳ない……」

そして真城がそう口を開いた時、明は心臓に鋭い杭《くい》を打たれた気がした。激しい痛みに呼吸すらできない。

申し訳ないって何……。何が申し訳ないっていうの？

これ以上、続きを聞きたくない。

明は咄嗟《とっさ》にそう思った。どう考えても、悪い意味の言葉しか真城の口から出てこない気がする。

「あくまでも、これは俺と君の関係とは違う話だが……」

真城はそう前置きをしたが、明の心の痛みは収まらない。いやな予感がどんどん広がる。

「君との契約は今日までにしてくれ」

ほら、やっぱり……

予想通りすぎて、明は引《ひ》き攣《つ》った笑みを浮かべてしまった。

「契約は、まだ数日残っていますけれど？」

「ああ……。けれど、もう君の仕事はない」

「それは……」

もう二度と会いたくないという意味もあるんだろうか？　恋人関係も解消したいということなんだろうか？

しかし明には、それをはっきり聞く勇気はなかった。

ただ身体が冷えていく。あれほど痛かった心臓すら凍りついて、今にも止まってしまいそうだった。

「契約期間……まだあるのにクビですか？」

泣き笑いになりそうな顔で明は聞いた。

「いや、クビじゃない。残りの給料もきちんと払う。こちらの都合で辞めてもらうんだし、違約金的なものだって払う」

「それって……」

不意に怒りが込み上げてきた。さっきまで冷えていた明の身体が、今度は急激にカッと熱くなる。

「お金で解決しようってことですかっ！」

出した声も大きく高くなる。

「最低ですね。真城さんって、お金でなんでも解決しようとする人だったんだっ！　手切れ金ってわけですねっ！」

「手切れ金って……。おい、俺はっ……」

「もういいです。聞きたくありませんっ！　わかりました。今すぐ出て行きます！」

明は掃除道具を放り出し、身を翻《ひるがえ》した。

「おいっ！　待てっ！　誤解するなっ！　待てったら！」

真城が大声で引き止めようとしたが、明はそれを無視して自分の部屋に駆け込んだ。追ってきた真城が激しく部屋のドアを叩いて「人の話を最後まで聞けっ！」と怒鳴っている。

「もういいです。もう何も聞きたくありませんっ！」

そう叫び返して、手早く荷物をまとめて廊下へ出る。そのとたん、待ち構えていた真城に腕を取られそうになったが、それをかいくぐって玄関へ走る。

「待てって言っているだろう。君はどうしてそう……」

「そう……？　そう、何なんですか？　なんて続けるつもりですか？」

追ってきた真城につい言い返すと、盛大にため息をつかれた。

「馬鹿だ。馬鹿と続けるつもりだった」

もう引き止める気がなくなったのか、真城は眉を跳ね上げた表情で、腕組みをしながら明を見つめている。

「ああ、やっぱり？　そんなのわかってます。では失礼します。今までお世話になりました。あ、違う。お世話をしたのは私だ。とにかく、さようならっ」

そう言い放ち、明は玄関の扉をわざと乱暴に閉めた。

門前では今日も何人かファンがたむろしていた。彼女たちは真城の屋敷から出てくる明をうらやましそうに見つめている。

――真城忍は最低の男だからファンなんてやめなさい。

明はそう言いたくなった。

そのままファンの視線を浴びつつ門の外に出る。

そう……。最低の男で……なのに……

なんでこんなに涙が出るんだろう？　どうしてこんなに心が痛いんだろう？

足元がふわふわしていて、きちんと立っていられない。どうして……

これでお別れなんだ。もう二度と彼には会えない。

同じ別れなら、もっとちゃんと綺麗にお別れしたかった。怒鳴り合って終わるなんて……

別れるのに綺麗も何もないでしょ、と頭の片隅でもう一人の自分が突っ込みを入れてくる。自然に苦笑が漏《も》れた。

目には涙。口元には微笑み。知らない人からは怪しい人物にしか見えないだろう。

けれど、人通りの少ないお屋敷街なのが幸いして、誰にもこの惨《みじ》めな姿は見られなかった。

＊　＊　＊

「明さん、悪いわね。家事やらせっぱなしになっちゃって」

お米を研《と》いでいると後ろから声をかけられた。馬場の義母の敦子《あつこ》だ。

「いえいえ、お世話になっているんですから当然です」

真城の屋敷を飛び出した明にはもちろん行くあてもなく、結局、馬場を頼るしかなかった。馬場は少し早めに契約が終了した理由も、明が泣き顔になっている理由も聞かず、快《こころよ》く明を自宅に住まわせてくれた。それも家事をしてくれるなら家賃はいらないと言って。

もちろん、明の次の仕事も探してくれている。

「それに人数が多いから楽しいです。ご飯の作り甲斐もあります」

明は敦子にそう続けた。

楽しいのも作り甲斐があるのも、決して嘘ではない。けれど、そう言葉にしたとたんに明の胸に冷たい風が吹き抜けていった。

今頃真城はどうしているだろうか。ちゃんとご飯を食べているだろうか。洗濯だって掃除だって、何一つ自分ではまともにできないのに……

真城邸を飛び出してから、まだ三日も経っていない。そのせいで、何をしていても真城を思い出してしまう。

心配で仕方ない。それ以前に寂しい。彼の顔を見たい。声を聞きたい。とにかく会いたい。

あんな最低の別れ方をして会いたいなんてどうかしていると思うけれど、会いたいものは会いたいのだ。

思いっきり引きずっている。

「はあ……」

自然とため息が漏《も》れてしまって、明は慌《あわ》てて口を閉ざした。今までに何度もため息をついて、敦子に心配されていたのだ。

幸いなことに今のため息は気付かれなかったようで、敦子は鼻歌まじりで冷蔵庫から飲み物を取り出していた。

駄目だな、私……

もう彼のことは忘れよう。忘れなくっちゃ……

しかし、そう簡単に忘れられるはずもない。

何をやっても何を見ても、真城を思い出してしまう。気持ちが残っているんだから当たり前だ。

怒鳴って飛び出してしまったことを、明は今になって後悔している。あの時、彼は何か言いたげな様子だった。待て、とも言ってくれていたのに……

もう少し冷静になって、彼ときちんと話し合えばよかった……

また、ため息が漏れそうになって、明は唇をきゅっと引き結び、食事の支度に専念する。馬場も馬場の妻の恵美《えみ》もそろそろ帰宅する時間だ。

馬場の義父の幸一《こういち》はもう少し遅くなるだろう。幸一は数年前に定年退職して以来、ボケ防止だと言ってピアノを始めた。今日はそのレッスンの日だった。他にも絵手紙の教室に通っているらしい。

夫が芸術方面の習い事をしているのに対して、敦子の方は身体を動かすタイプの趣味に精を出している。アクアビクスにフラダンス、それからテニス。特にテニスは学生時代から続けているという話で、先日年齢別の大会に出てそこそこの成績を収めていた。

だから夫婦揃って家にいるのは珍しいことなのだが、二人はとても仲がいい。

もちろん若夫婦の方もだ。こちらもまったく趣味が違っていて、その上共稼ぎなのに、ずいぶんと仲がいいのだ。

明には、それがものすごくうらやましかった。

私もいつか誰かと、この家の夫婦たちのような関係を築きたい。

そう思ったとたんに胸の中に穴が空いて、冷え冷えとした隙間風が吹き抜けていった。

いつか誰かと……

明にはその存在は真城しか考えられなかった。それに気付くと、心の中の風が、よりいっそう冷たくなる。

なんでかな? なんでこんなことになっちゃったんだろう?

なんでも何も、あの屋敷を飛び出したのは自分なのだと明は苦笑する。契約終了まであと少しだったのに、それすら待たずに出て行けと言った真城に腹が立ったから……

違う……。私……

傷つくのが怖かったんだ……

彼から決定的な言葉を聞きたくなかった。それが飛び出してきてしまった一番の理由。

出て行ってくれとは言われたけれど、別れてくれと言われたわけではなかったのに……

私、まだ、こんなにも彼が好き。

あれこれ考えながらも明は夕飯の準備を進めていく。家事に関しては身体が覚えているのだ。

炊飯器をセットして、ハンバーグを作ろうと冷蔵庫に手をかけた。

「あっ……」

冷蔵庫の取っ手を掴《つか》んだつもりが、掴みそこねて少しよろめいてしまった。

明は本当に悲しくなった。今、手を出した位置は、真城の屋敷の冷蔵庫の取っ手の高さだったのだ。真城と家政婦ひとりしか住んでいない屋敷だったのに、キッチンには無駄に大きい冷蔵庫が置かれていた。

馬場の家の冷蔵庫はごくごく一般的な大きさで、取っ手の位置も違う。

やだ……

明は目を瞬《しばた》いた。

それこそ身体が覚えていたのだ。たった三ヶ月しかいなかったのに、真城の家の冷蔵庫の大きさや取っ手の位置を……

私……どうして……

何度か目を瞬《しばた》かせると涙が溢《あふ》れてきた。既に台所から敦子はいなくなっていた。誰もいなくてよかったと、エプロンで涙を拭ってから、改めて冷蔵庫を開ける。

「ひき肉……。それから……」

わざわざ声に出して材料を確認してみる。そうでもしないと、本格的に泣き出してしまいそうだった。

「やだ、どうして？」

付け合わせに使おうと思っていた野菜類が一切なかった。

そういえば、昼間は敦子のお供でテニスの試合を観に行ったんだっけ……。帰りに食材を買おうとして……

敦子にお茶をごちそうになって、そのまま帰ってきてしまったことを思い出す。

「すみません。ちょっと買い物して来ます」

明はエプロンを外すと、家のどこかにいる敦子に向かって大声を上げた。

馬場の話の通り、この家も広かった。だが、障子や襖《ふすま》で仕切られた昔ながらの日本家屋なので、声がよく通るのだ。

「はーい。お金あとで請求してね。いってらっしゃーい」

どこからともなく敦子の声が聞こえた。

「わかりました。いってきまーす」

そう返事をしたけれど、お金は請求できない。ただでここに居させてもらっているんだから。

そう思いながら、明は玄関を飛び出した。

行く先はいつものスーパーだ。

馬場の家と真城の屋敷は同じ町内にあるから、どうしても同じ店を使うことになる。ただ道順が違うだけだ。

それが寂しい。まだ新しい道順にも慣れていない。

身体も気持ちも、まだ何もかもが今の環境に慣れていない。真城のいない生活。あの屋敷ではない家……。

自分から出てきたんだから、いいかげん吹っ切らなければいけないのに。

早く忘れて、次の仕事を見つけて……。そしてもっといい男を……。

けれど、そんなことできるんだろうか？　次の仕事はともかく、もっといい男なんて……。真城さん以上にいい男なんて……。

顔もスタイルも真城は超一級だった。誰が見ても素敵と頷《うなず》くに違いない。そういった意味では真城以上の男なんていないと断言できる。

でも、そうじゃない。それとは違った意味で、真城以上の男なんていない。だって明が好きなのは彼だから。見た目なんて本当は関係ない。

真城の顔立ちがもっと平凡だったとしても、明はきっと彼を好きになっていた。

好きな男が……好きになった男が一番なのは当たり前で……

私……。私、まだこんなにも真城さんが好き。

この気持ちは、時間が経てばなくなるんだろうか。思い出しても、切なくなったり苦しくなったりしなくなるんだろうか？

何を見ても、何を聞いても、今は真城のことばかり思い出してしまう。そのせいで、ひどく高い野菜を籠《かご》に入れたままレジに並びそうになって、慌《あわ》てて売り場に返しに行った。

真城には金銭的な余裕があったから、あまり食費を切り詰める必要もなかったが、馬場の家ではそうもいかない。家屋は立派だが、無茶苦茶お金持ちというわけでもないらしいのだ。

ましてや明は、滞在中は自分のお金で馬場家の食費を賄《まかな》うつもりでいるから、贅沢はできない。

商品棚の間を早足で抜けようとした時、ふと横を見れば、あまり背の高くない棚の向こうに人影があるのに気付いた。

えっ？

男が一人、立っていた。背格好が真城に似ている。こんな場所でも真城を思い出してしまうのかと明は苦笑したが、妙に気になって、そっと棚の陰から首だけ出して覗《のぞ》いてみる。

そんなっ！

声が出そうになって、慌てて口元を押さえる。見間違いではない。真城だ。

どうして？

彼は手当たり次第にカップ麺を籠に入れていた。

あ……そうか……

今まで、私が食事を作っていたから……

カップ麺のストックが切れたのだろう。

もう……

やっぱり一人だと、あんなものばかり食べるの？

私がいなくなってまだ三日よ？　三日しか経っていないのに……

心が疼《うず》いた。出て行って、こんな物ばかり買うんじゃないと説教したい。こんなのばかりだと栄養のバランスだって悪いんだと大声で言いたい。

そして彼のためにきちんとした手料理を作りたい。

でも……

もう私にはそんな権利はない。その権利は自分から捨てたようなものなのに……

後悔がどっと押し寄せてきた。

私……私……。真城さんっ……

そのあと、どうやって馬場の家に戻ったのか、覚えていない。

気付けばきちんとハンバーグを作って、馬場家の面々においしいと褒められていた。

ただ顔色が悪いと心配もされて、少し風邪気味かも、とだけ答えた。

＊＊＊

なるべく目立たない格好をして、明は真城邸の門前でファンの女性たちに交じって立っていた。

ここからでは真城の部屋は見えない。それでも何かの拍子に彼の姿を見られるかもしれないと思うと、どうしても立ち去れないのだ。

スーパーで真城を見かけて以来、彼のことが気になって仕方なくなった。そのため、いつもぼんやりしてしまって馬場家のみんなに心配ばかりかけている。

ある日ついに、馬場の妻の恵美から恋の悩みかと聞かれてしまい、明は素直に頷《うなず》いた。

真城の名前は出さなかったが、喧嘩《けんか》して別れてきた彼のことが気になると伝えると、それなら様子を見に行けばいいと言われたのだ。

その言葉に背中を押され、買い物帰りや家事の手が空いた時に、明はこの場所に来るようになっていた。

それにしても……

門の向こうに見える庭や玄関前の様子に、明はやるせない気持ちになる。

庭には雑草が生い茂っているし、玄関の前のタイルには枯れ葉が溜まっている。そのタイルには泥汚れも付着していた。

門だって明がいた頃は毎日磨いてぴかぴかにしていたのに、もう見る影もない。

この門の前に来るようになった最初の日も、どことなく荒れ始めた前庭を見て心を痛め、せめて……と思い、門前の道路を掃除するようにしていた。

もちろん、人目に立たないよう早朝にこっそりとやっているのだが、さすがに門の中までは掃除できない。

ここに様子を見に来るようになってから、かれこれ五日が経つけれど、汚れ方は日に日にひどくなっているのがわかる。

きっと屋敷の中もすごい有様になっていることだろう。

ごみ箱はカップ麺の容器でいっぱいで、キッチンのシンクには使ったままのグラスやカップが山積みになっているだろう。いや、シンクに運んであったら、まだマシだ。おそらく飲みっ放しで、あちらこちらに放置されている可能性の方が高い。

服だって脱ぎ散らかして、洗濯だって当然していないはずだ。下手をすると、お風呂どころか、まともにシャワーすら浴びていないかも……

いや、まさか、いくらなんでもシャワーくらいは浴びていると思うけれど……

一目でいい。真城の姿が見たかった。

カップ麺だけでもいいから食べていてくれれば、まだいい。食べるのを忘れて仕事をしているかもしれないし、本当にちらりとだけでも真城の顔を見られれば……、見れば彼の状態がわかるのに……

「きゃあ」

その時、周囲から悲鳴とともにざわめきが起こった。

「真城さんよ」

弾《はず》んだ声も聞こえ、明もハッとなって、門の中を見た。

真城がリビングのテラスから出てきたのだ。明の心臓が跳ね上がる。

髪はぼさぼさで髭も薄《うっす》らと生えているのが、この距離でもわかる。ほとんど寝ていないのだろう。そのせいか顔も青白い。

なのに……

「なんか写真で見るよりやつれている感じだけど、そこがまたイイ」

「色白いねー。素敵」

ファンたちは勝手なことを言っている。

彼がやつれているのが気にならないの？

素敵だなんて、違うのに。そうじゃないのに。

怒鳴りたいのを堪《こら》えて、なるべく顔がわからないように口元を手で覆《おお》いながら、明は真城を見つめた。

彼は屈《かが》んで何かをしている。よく見ると足元に黒い塊《かたまり》があった。

猫のエリザベート五世だ。真城はひとしきり彼女の頭を撫《な》でてから、また家の中に引っ込む。

エリザベート五世が羨《うらや》ましい。好き勝手に真城の屋敷に出入りして、頭も撫でてもらって……

「あー。生《なま》で見られて満足したー」

誰かがそう言って門前を去り、つられたように数人が帰っていく。それでも明は帰れない。もう一度、真城が顔を見せてくれないかと立ち尽くす。

いや、彼でなくとも、彼が触れたエリザベート五世だけでも来てほしい。彼の手の温もりがエリザベート五世の背にまだ残っている気がするから、抱きしめたかったのだ。

ふと気付くと、明のように名残惜しそうにしていた他の数人もいなくなっていた。残されたのは明とごみだけだ。

「まただ……」

ため息をつき、明は飲み干されたジュースの缶やペットボトルを拾い集めた。

ごくたまに、こうしてごみを放置していく心ないファンがいるのだ。真城の家で働いていた頃も、そんなファンを見かけて注意したり、残されたごみを拾い集めて捨てたりしていた。

「ファンなのに、どうしてみんな……」

ぶつぶつと文句を言いながらごみを拾って顔を上げたとたん、エリザベート五世が門《もん》扉《び》の柵の隙間から抜け出してきて、どこかへ走り去ろうとするのが見えた。

「あっ。待って」

つい彼女を追いかける。どうしても触りたかったからだ。けれどエリザベート五世は明を無視して路地へと姿を消す。

「待ってって言ってるのにっ」

エリザベート五世のあとを追って明も路地に走りこんだが、彼女の姿は既に消えていた。塀の上にでも上がったかとあたりを見回しても、もうどこにも見当たらない。

逃げ足の速いエリザベート五世を明は恨んだ。ついでに、よりにもよってどうしてこの場所に逃げ込んだんだと、さらに恨めしくなった。

そこは、いつも明が洗濯物を干していた裏庭に面した路地だった。すぐ側《そば》にはくぐり戸もある。

普段は使わない、このくぐり戸。

ここに白いジャケットの女の人がプリンを置いていったこともあったっけ……

もう何年も前の出来事のようにも思える。

あの人も真城さんにひと目会いたいという一心で……。彼に何かしてあげたくて……

そんなことを思いながらふらふらと戸口に近寄ってしまう。鍵がかかっているとわかっていながら扉の取っ手に手をかけ……

いけない……。これじゃあ、私……

ぶんぶんと頭を振って、明は手を引っ込めた。

これじゃあ、あの人と一緒になっちゃう……

あんな風にはなりたくないって思ってたのに……

だが同時に、毎日顔を隠して門前に来るだけでも、あの人と同じ行為をしているような気がしてきて、明は急に不安になる。こんなこと、真城に知られたらきっと嫌われる。

駄目。帰ろう。嫌われたら元も子もない……

大きく息を吸い込み、明はなかなか言うことをきかない足をぐっと上げ、くぐり戸に背を向けようとした。

その瞬間。

バン。

目の前の扉が開いて明の顔にもろにぶつかった。

「っ……たぁっ……」

尻餅をつかないだけマシだったが、明は顔を覆《おお》ってその場に蹲《うずくま》る。何が起こったのか理解できない。

くぐり戸が開いた。なんで？　誰が？　ここは誰も使わないのにどうして？

「あら、やだ。ごめんなさい。人がいるなんて……」

頭上から声が降って来た。まったく聞き覚えのない声に明は顔を上げる。

割烹着《かっぽうぎ》を着た七十代くらいの女性が、くぐり戸の向こうで驚いた表情のまま固まっていた。

よく見ると彼女は片手で黒猫を抱えている。どう見てもエリザベート五世だった。

「あ、いえ、私こそすみません」

裏庭に入り込んだエリザベート五世を外に出そうとしていたのだろう。

「とんでもない、こちらこそ。さ、とっととお行き」

明に微笑んでから、女性はエリザベート五世を路地に下ろした。

「にゃうおう」

文句がありそうな鳴き声を一つあげてから、エリザベート五世は去っていく。

「まったくねぇ、あの猫はすぐこのお屋敷に入り込んで……自分の家があるってのに。

私がちょっと入院していた間に、また入り浸《びた》る癖がついたみたいで……」

明がここにいた理由など気にならないのか、彼女はそんなことをしゃべり出した。

「あ、あの……。もしかして日野さんですか？」

入院という台詞《せりふ》と白い割烹着姿を認めた明は、そう尋《たず》ねずにはいられなかった。

「あれ？　なんで私の名を？　ん？　ああ」

日野は明の手元を見て大きく頷《うなず》いた。

「そのごみ……。いつも片付けてくれてありがとうね」

「え、あ？　はい」

門前で拾ったごみをまだ持ったままだった。その辺にごみ箱があるわけではないから、
いつも持ち帰って馬場の家で始末していたのだ。

「今までもありがとうね。屋敷の中をぴかぴかにしてくれて。私の足腰がもっとしゃんとしていればいろいろやれるんだけどねぇ。手術したから前よりマシにはなったけれど、
やっぱり昔のようにはいかなくて……。それに……」

「あ、あの……」

長々と続きそうな話の先よりも、明は目の前の人が自分について知っていることの方が気になった。

「どうして、その……」

「ん？　あなたじゃないの？　私の前にいた家政婦さん。確か、あきらさん？　男みたいな名前の……」

「あき、です」

苦笑混じりに答えたけれど、名前まで知っているなんて、と首をかしげてしまう。

「そうそう、あきさんね。ファンの子たち、ありがたいんだけれど、門の前にたまにごみを置いていくじゃない。ご近所に申し訳ないなって思ってて。この間、やっとこのお屋敷に戻ってきたんだけど、ほら、なんせ年だし。身体が思うように動かなくて前みたいにごみを拾えなくって、どうしようかなって思ってたら、いつの間にかごみがなくなってるじゃない」

お年寄り特有というべきか、のんびりした口調で日野は語る。

「忍坊ちゃんも最初は不思議がってたんだけど、多分あなただろうって」

忍坊ちゃんって呼ばれているんだ……

ものすごく新鮮な呼び方に、明は胸をときめかせた。

いや、今はときめいている場合じゃない。真城が気付いていた……。その事実に明は驚く。

「では、さっき外に出た時に、やっぱりあなただったたって言ってて……」

それって見られていたっていうこと？

そうだとしたら、真城がエリザベート五世を撫《な》でていた時しか思いつかない。彼は少しもこちらを見ようとしなかったのに……

「えっと、でも……」

恥ずかしさといたたまれなさが同時に胸の奥から湧き起こってきて、明は思わず俯《うつむ》いた。

見られていない、気付かれていないと思っていたから、門前まで通うことができたのだ。

彼は、明がまた余計な真似をしていると思わなかっただろうか？　あの白いジャケットの女の人と自分を重ねて見て、気持ち悪いと思わなかっただろうか？

やっぱり、ここに来なければよかったんだ……

「変ですよね？　もうこのお屋敷に勤めているわけでもないのに……。その……」

「ああ、それね。ごめんなさいね。私がわがまま言ったから」

手術の傷がまだ痛むのか、時折腰や膝をさすりながら日野は続ける。

「入院生活に飽きちゃって。本当はもう少し病院でリハビリした方がいいんだろうけど、リハビリなら退院してもできるでしょって、私がわがまま言ってね。本当はあなたとの契約、もう少しあったのよねぇ。」

それと自分が今言ったことがどう関係しているのかわからず、明は軽く眉間に皺《しわ》を寄せた。

「だって、あなたまだこのお屋敷で働きたかったんでしょう？　それに、このお屋敷のこと愛しているのね。本当に隅々まで綺麗でぴかぴかで。今もこうしてごみを拾いに来てくれるなんてねぇ」

愛している、という言葉に明はどきりとした。

もちろん屋敷も好きだが、それ以上に真城が好きだ。それを日野に指摘されたような気がして自然と顔が赤くなった。

「ほんとに申し訳なかったわ。私が早く退院したせいで……。もうね、病院にいたくなくって、お医者さんや坊ちゃんに無理言って早く出てきちゃったのよ。そのせいであなたに辞めてもらうことになっちゃって……」

あっ……

真城さんが出て行ってくれと言ったのは、日野さんが戻ってくるから？

私が余計なことをして彼を怒らせたからじゃなかったの？

あの時、確かに彼は何か言いかけていたけど、このことだったの？

今さらながら、自分の浅はかさに気付く。自分は売り言葉に買い言葉で、よく話を聞かず、勝手に飛び出してしまったのだ。

今からでも彼との関係を修復できるだろうか。いや、それこそ今さらだ。

日野はなにやらまだ話し続けていたが、その内容は、ほとんど明の頭に入ってこなかった。馬鹿だったという後悔の念ばかりが、波のように押し寄せてくる。

「とにかくね、私、夫を早くに亡くして、子供もね、いないの。だから忍坊ちゃんは自分の子供みたいで……。あー。でもそうなると私の育て方がいけなかったんだわぁ。ずぼらだし、面倒くさがりだし、本当にもうね」

新鮮な『忍坊ちゃん』という呼び方のおかげで、ようやく日野の言葉が耳に入ってきた。真城の話をする日野は嬉しそうだ。本当に子供か孫のようにかわいがっているのだろう。

「手術したからっていっても、若い頃のようにはやっぱり動けないし、せいぜい食事を作ったり洗濯したりするくらいしかできなくなって……。早めに退院したのがいけなかったのか、結局、昨日あたりまでは満足にご飯も作れなくて、坊ちゃんがまたあなたを雇ってくれればいいのにって思ってるんだけどね」

そうか、それで真城はこの間スーパーでカップ麺の買いだめを……。日野さんの具合がまだ悪かったから……。

それにしても……。

「また……。私をですか？」

思わず聞き返してしまう。

「もちろんよ。だってね、退院しても結局昔みたいには働けないしね……。私だって本当はお屋敷を綺麗にしたいって思ってるのよ」

本気でそう思っているらしく、日野は明の手を取る。

「私からも坊ちゃんにお願いするから。また来てちょうだい」

「でも……。その……、真城さんは……」

彼はもう嫌だと思っているかもしれないのに。あんな風に一方的に飛び出した私を、許してくれないかもしれないのに……

もし、怒りも収まっていて、少しでも私を許してくれるのなら、今頃連絡の一つもくれているはず。

私が毎日門前に来ていることを、彼は知っていた。

それなのに何の連絡もないのは……

もう彼は……

きゅっと心臓が縮み上がった気がした。

その先を考えられない。考えたくない。

「何言ってるの？　いつでもあなたが戻ってきてもいいように、忍坊ちゃんはあなたが使っていたお部屋もそのままにしているし……」

そうだった、と明は複雑な気持ちになる。

出てくる時、貴重品と目についた荷物しか持って出なかったのだ。持ち出しそびれたものもいくつかある。

馬場の家に送ってもらえばいいのだろうが、直接真城に連絡など取れるはずもなく、そのままになっている。

「それに忍坊ちゃんだって……きゃあ」

そう言いかけたところで、日野は意外に若々しい声で悲鳴を上げて明の手を離した。

「日野さん？　どうかしましたか？」

問いかける明をよそに、日野はあたふたと割烹着《かっぽうぎ》のあちらこちらを触っている。

「ああ、あった。あった」

ほっとしたような顔をして、日野は右のポケットから最新型のスマートホンを取り出した。マナーモードにしていたらしく、バイブレーターだけが作動したようだ。

「もうね。昔の携帯電話ですら使いこなせなかったのに……割引がどうのこうのって言われてね」

どうにかこうにか、といった風情で指を動かした日野は、スマートホンをそのままポケットに入れてしまった。

「え、出なくていいんですか？」

「いいの、いいの。呼び出しだから。坊ちゃんが呼んでるの。出なくていいから鳴ったら用があるんで来いって言ってね……。じゃあね。坊ちゃんには言っておくから考えておいてね」

「考えておいてって……」

明の口元に苦笑が浮かぶ。同時に、目に涙が滲《にじ》んできた。

本当にまたここで働けたら、いいんだけどね……

堪《こら》えることができなくなって涙をこぼす。両手で顔を覆《おお》い、その場にしゃがみ込んでしまう。

「みゃあ」

ふと気付くとエリザベート五世が側《そば》に寄ってきて、明の足に身体をすり寄せてきた。まるで泣くな、と言っているようだ。

慰《なぐさ》めてくれているのだろうか。

真城が撫《な》でていたエリザベート五世の背にそっと触れ、明はその温《ぬく》もりで心を温めようとした。

10

半年後——

あれから明は、ずっと馬場の家に居候《いそうろう》している。真城の屋敷の前に行くのは控え、週三日だったがなんとか別口の家政婦の仕事も見つけてもらった。

馬場の家族はアパートを探すのなんてやめて、ずっと居てくれ、なんならうちの住み込みの家政婦にならないか、とまで言ってくれた。しかし、馬場家にはさすがにそこまでの余裕はないだろう。だからその申し出を受けるのは申し訳ないと感じていた。

ただ、このまま居候というか、下宿してここに住むのは悪くないと思う。

馬場たちはそれを強く望んでくれているし、明も一人暮らしの寂しさにはもう戻れないと感じていたからだ。

大きな日本家屋というのも、真城の屋敷とはまた違った風情があって素敵だし……

庭だって真城のところとは比べ物にならないけれど、明が以前住んでいたアパートの部屋二つ分はある広さで、築山《つきやま》や松の木が美しく整えられている。大きな桜の木もあるので、春になるのが今から楽しみで仕方ない。

なのに明の心は晴れなかった。

いつもなら桜が咲いた風景を思い浮かべ、あれこれと妄想を楽しむのに……

明は今も時々真城が迎えに来てくれるというシチュエーションを考えることがある。だけどそれはいつもうまくいかない。

例のスーパーで偶然真城と出くわす、というところまではいいのだが、その後は無視されるシーンしか思い浮かばないのだ。

「はあ……」

そういえば、ここのところ読書もしていない。

真城の家の蔵書が恋しい。馬場の家にはあまり本がないのだ。雑誌と漫画ばかりで、明にしてみたら物足りない。

そうだ。本でも買いに行こう。図書館でもいい。

明は寝転がっていた畳から身体を起こした。今日は仕事のない日で、馬場家の家事もあらかた済ませてしまい、自室にさせてもらっている部屋で暇をもてあましていたのだ。

玄関に出て、靴を履こうとしたところに、馬場の妻、恵美が帰ってきた。確か恵美も今日は仕事が半日だけで、いつもより早く帰ってくる予定だった。

「あら、明ちゃん、おでかけ？　最近、好きな人の様子を見に行ってなかったみたいだけど……。また様子を見に行くの？」

「え……いえ。そうではなくて本でも買いに行こうかと……」

もう様子は見られないんです。だって、ばれちゃったから……

心の中でそう言って、明は自分の靴につま先を入れた。

「本？　本と言えばさ、これ知ってる？」

と、恵美はバッグからスマホを取り出した。

「は、はい？」

明はつま先を靴に入れかけたまま玄関の上がり框《かまち》に腰掛けた。

「これよ。これ」

恵美はスマホを操作して、画面を見せてくれる。

そこには……

「えっ……」

画面を見つめたまま、明は息を呑んだ。そこに真城の名前を見たからだ。

「今、電子書籍で一番売れてるのよ。なんでも電子版先行発売だとかで……。私、小説はまともに読んだことないけど、この作家ってイケメンだし、写真が載ってる雑誌はよく買ってたの。真城忍特集のある女性週刊誌とかをね。確かけっこう近所に住んでるんじゃなかったかなあ。会ったことないけどね」

他人の口から真城の名を聞いて、明は震えた。この震えの正体がなんなのかはよくわからない。それでもこの作品を読みたい、と心から思う。

たぶん、ずっと苦労して書いていた作品だ。ようやく出来上がったのだ。だから、どうしても読みたい。

相変わらず陶子のために書いた悲恋《ひれん》の物語だとしても読んでみたい。

自分のために書いてくれ、などと言ってしまったことを、今はひどく後悔している。僭越《せんえつ》だし、ものすごくわがままだと思ったのだ。

私は真城さんに出会ってから、ずっと後悔ばかりしているな。

そう感じたとたん、胸の奥から苦いものが込み上げてきた。

「みんなにおもしろいから読めって言われて読んでみたんだけど、本当におもしろいのよ。なんかものすごいダウンロード数で、明日やっと紙の本が出るの。かなり前からサイン会の予約とか大変だったらしいわよ」

「サイン会ですか……」

「うん。全国回ってやるのは来週からなんだけど、地元の本屋では明日やるって。どっかに書いてあったなー。ネットかな？　普通はさ、本を買った人にだけサインするじゃない？　けど、地元だけは、来た人全員にサインするって……。地元ってことは、うちの近所よね。あー、そうだ。確か駅前の万堂書店《まんどうしょてん》。もう電子版で読んじゃったけど、生でイケメンの彼を見たいし、仕事の都合がついたら行こうと思ってるの」

その本屋は、まさに明がこれから行こうとしていたところだった。

今行ったとしても、まだ本は売っていないだろう。けれどサイン会を開くということならポスターくらいは貼ってあるかもしれない。それを見たいと強く思った。

「興味ある？　明日になれば紙の本買えるけど、ダウンロード版ならすぐに手に入るから、読んでみたら？」

もちろん興味はあるし、明日まで待てない。

「明ちゃんガラケーだっけ？　でも大丈夫。これガラケーでも読めるし、なんだったら読書用の専用端末貸すわよ」

恵美はそう言いながら家に上がると、さっさと奥へ行ってしまう。

「あ、恵美さん」

明も慌《あわ》てて後を追った。

恵美は和室を洋風に無理矢理リフォームした馬場の私室にいた。リフォームと言っても畳に絨毯《じゅうたん》を敷き、障子を取っ払ってカーテンをかけただけのものだが、天井の電気をシャンデリア型にしたり、古い学園映画の校長室に置いてあるような両袖抽斗《ひきだし》の大きなデスクを置いたりして、どことなく真城の屋敷と似た洋館らしい雰囲気を醸し出していた。

恵美はそのデスクの上から十インチほどのタブレットを取り上げ、明に渡した。

「使い方、分からなかったら聞いてね」

明は素直に受け取って、「ありがとうございます」と頭を下げた。

＊＊＊

ポトリ。

タブレットの上に涙が一滴落ちた。

明は慌《あわ》ててタブレットを拭き、自分の涙も拭《ぬぐ》う。タブレットを拭った時、読んでいたページとは別のページに移動してしまったけれど、ラストの一行は覚えている。

読み返さなくても、ありありとその文面が頭の中に浮かんでくる。


『新作を描くよ。モデルは君だ』


たった今まで読んでいた真城の小説のラストは、主人公のそんな台詞《せりふ》で締めくくられていた。

主人公は亡き妻の絵しか描かない画家。その彼が、自分の画集を発行する予定である出版社の担当編集者と、盗まれた絵を探したり犯人を追いかけたりする、推理仕立ての一風変わった恋愛小説だ。

今までの真城作品には、ミステリーの要素など皆無だった。それに、男が亡き妻よりヒロインの方が好きだと気付いたあたりで、男か女のどちらかが死ぬ展開になりそうだが、今回はそうではない。ハッピーエンドで終わっている。

そのせいか、作品に投稿されたレビューには否定的なものもあった。

悲恋《ひれん》パターンが好きな読者は『期待外れ』と文句を並べ、推理小説だと思って読んだ読者は、『結局、恋愛物か』と不満をぶつけている。とはいえ、好意的な感想の方が多かった。

そうなると、プロの評価はどうなのだろうかと気になって、慣れないタブレットでネットに接続して、真城の記事を検索した。

その結果、作家や業界関係者からも高い評価を受けていることがわかった。新たな方向性を見出した真城忍のこれからの作品が楽しみだと、辛口で有名な批評家にも褒めちぎられていた。

真城が褒められると明も嬉しい。しかし、何よりも嬉しかったのは……

陶子の好みだった悲恋物に出てくるような、はかないヒロインではなく、何があってもくじけず、明るい性格で生き生きと仕事をしている女性がヒロインだったこと。

これって……

私の言葉を気にかけてくれたってことよね？

陶子さんのためではなく……私のために書いてくれたってことよね？

そんな風に思うのはとてもおこがましいことかもしれないけれど、冒頭の数ページは前に明が盗み読みした話とほぼ一緒だった。

続きが読みたいと思った明の願いが現実になったのだ。

あの時に読んだ作品は、それまでの真城らしく、ヒロインは病気療養中の女性だったけれど……

でも、これは絶対私のために……。だって……

明《あき》はタブレットを抱きしめた。

亜紀だった……。ヒロインの名前……。それに……。この画家……

それは真城そのものだった。家の中のことは亡くした妻に頼り切っていたせいで、コーヒーすらまともに淹《い》れられない男。

作中では、傷心を引きずるあまり身の回りについて一切構わなくなった、という設定だった。しかし服を脱ぎっぱなしにするとか、物を片付けるどころか、散らかしてばかりいるといった行動は、まるっきり真城そのものである。

また小説内の設定や二人のやりとりの端々に、明が真城邸で見聞きした状況や言葉が数多く含まれていた。もちろん、明だけが理解できる真城からのメッセージらしきものもちりばめられている。

君が必要だと……

主人公が男だからこそ、『亜紀』に対する想いがより伝わってくる。

でも……

なぜ、真城さんは小説で？　直接私には言わないで……

まだ私を必要としてくれているのなら、どうしてこんな形で思いを表現するの？

この作品が明のために書かれた物だとしても、真城にとってもうそれは過去のことで、単に思い出を題材にして書いたにすぎないのでは？

でなければ、明が絶対に読む保証のない小説という形で世に出したりするだろうか？

そんな気持ちが明の中に広がっていった。

今も自分を想ってくれているのだろうか。それを確かめるためには、彼に会わなければならない。

彼に……真城さんに……

そう考えたとたん、胸がきゅっと絞られるような痛みが湧き起こってくる。

会った結果、もう過去のことだとわかってしまったら……。いやだ。それが怖い。

彼に会いたいのに。会って声を聞いて彼に触れたいのに、怖くて身体が竦《すく》んでしまう。

せめて……

明はかすかに震えながら、外に飛び出した。

いつ撮影したものだろうか？　本屋の窓に貼られたポスターの中で真城が笑っていた。白いスーツに綺麗にセットされた髪。背景はどこかの画廊で、まったく明の知らない真城の姿がそこにはある。

ポスターの真城だけでも見たいと思って来たけれど、これは私の知っている彼じゃない。そんな違和感が明の胸の中に広がった。

こんな、どこかの王子様然とした真城は、真城じゃない。

彼はもっとがさつで、無造作で。髪だっていつもぼさぼさだし、服だって下手をすると毎日寝巻き代わりのジャージなのに……

それでも久しぶりに見る真城の顔に、明の目には自然と涙が浮かんできた。

いけない……

慌《あわ》てて瞬《まばた》きをした。

帰ろう。そして明日は……

もう一度ここに来て、本物の真城を見ようかどうしようかと明は迷った。その時、書店員が中から出てきて、真城のポスターの隣にさらに何かのポスターを貼り出した。

「真城さんのサイン会なら、今から並ばれても困ります」

熱心な真城ファンと間違えられたらしく、店員にそう言われてしまった。おそらく今日は何度も、そして何人もの真城ファンがやってきて、並ぼうとしていたのだろう。

「あ、いえ、私は……」

違うと言いかけた明は、新しいポスターに目を奪われた。

そこには、『当店限定。小冊子プレゼント。ただしヒロインの〝亜紀〟と同じ名前の人に限る。音が同じ方、有効。名前のわかる身分証明書を持参のこと。先着二十名様まで』と書かれていた。

「あ、あのこれ……」

思わず声を出すと店員が振り返った。

「ああこれね。二十人くらいなら、〝あき〟さんっているでしょうね。〝あき〟さんってお名前ですか」

「え、はい」

どくん、と心臓が大きく音を立て始めた。

わざわざ〝あき〟という名前の読者限定で、小冊子プレゼントだなんて……

「だったら、もらえますね。でも早く来て並ばないと無理ですね。サイン会自体は午後一時からなんですが、開店と同時に並んでいただかないと……。あ、申し訳ないですが、開店前に並ぶのはご遠慮ください……。開店と同時に整理券を配りますので、その時、

〝あき〟というお名前を確認させていただければ、他の方とは違う整理券をですね……」

「あの、限定の小冊子って、どんな内容ですか？」

店員が丁寧に明日の説明をしてくれているのに、明はほとんどそれを聞かずに質問をした。

「んー。昔、真城さんが別のペンネームで書いていたSF小説の続きらしいけれど、でも〝続き〟ですよ？　前の話を読んでいないとわからないし、そもそも真城作品のファンって、SF物なんか好きなのかなぁ？　興味ないって人たちばっかりじゃ……と、ごめんなさい」

余計なことを言ってしまったと気付いたらしく、店員は焦った顔で謝罪する。

「いえ、いいんです。私……」

別のペンネームで書いていたSF物の続きと聞いたとたん、明は目に涙が溢《あふ》れてくるのを感じた。

続きがないのがあれほど残念だった本はない。それが読めるのだ。

店員の言う通り、そんな本、誰が読むというのだ。一般的な真城のファンは、まず読まないだろう。それも新作ならともかく、〝続き〟なのだ。

きっと明のためだけに書いてくれたものだと思うと、とても嬉しい。

「あ、本当にごめんなさい。決してあなたを馬鹿にしたとか、そんな……」

明の涙を誤解した店員がうろたえて言った。

「違います。あなたのせいじゃない。嬉しいんです。あの話の続きが読めるって思うと」

そう答えると、店員は目を丸くした。

「へえ。デビュー当時からの真城さんのファン？　だったら余計に明日は早めに来て小冊子もらわないと」

「はい。そうします」

明は涙を拭くのも忘れて、店員に頭を下げた。

11

居ても立ってもいられない、というのはまさにこのことだと明は実感していた。

今日は真城のサイン会。

彼はきっと私が来るのを待っている。

昨日、本屋から帰ってきて、そのことばかり考えて、馬場の家族との会話も上の空、夜も満足に眠れなかった。

でもなんで彼はわざわざ?

どうして直接、私に教えてくれないの?

その疑問はいまだに心の中で燻《くすぶ》っていて、そこにはかすかな不安が付きまとっている。

彼にとって自分はもう過去の女で、小冊子だって、ただのイベントの一環として作っただけかもしれない——そういう不安と恐怖だ。

でも、行ってみないことには何も始まらない。

それに、もし彼にとって自分が過去の思い出になっていたとしても、明は純粋にあの話の続きが読みたいのだ。

ただのファンや、顔見知り程度の扱いでもいいから、絶対にサイン会へ行く。何かひと言でも言葉を交わせるかもしれないし……

ひと晩中あれこれ考え、散々悩んだ末に出した明の結論は、とにかく行動だった。

幸い今日は仕事がない。恵美から『生憎《あいにく》サイン会には行けそうにない』とのメールをもらった明は、絶対に早い番号の整理券をもらうんだと一人勢い込んで本屋へ向かった。

しかし、開店と同時に着いたはずなのに、〝あき〟の名前の分の整理券を配る列にはもう二十人ほどが並んでいる。

その上、普通の整理券をもらうための列も既に出来上がっていた。

真城さんって、やっぱり人気なのね……

屋敷前に集まるファンを見た時からそう思っていたけれど、改めてそれを思い知らされる。小冊子はあきらめ、しばらく並んでからやっと普通の整理券を手に入れることができた。でも、こう人が多くては、真城の顔を見るだけで終わってしまいそうだ。

それが少し残念だったけれど、明は整理券に書いてある予定の時間帯が来るまで、そわそわした気持ちで待ち続けた。

そしてようやく時間になって店内に入ることができたものの、とにかく人が多すぎて、明のいる列からはまったく真城の姿が見えなかった。

しかも肝心の本が売り切れる事態まで発生した。

列の先頭あたり、ちょうど真城がいる場所から、本がなくてもサインや握手をする、というアナウンスが流れてきて、他のファン同様、明もホッとため息を漏《も》らす。

「やっぱり真城さんは優しいね」

「岩手《いわて》から来てよかった」

「え？　そんな遠くから？」

明の背後でファン同士が話している。

「うん。朝、真城さんちも見に行っちゃった」

「家政婦さんいなかった？　前に行った時、若い女の人でさ、すっごく羨《うらや》ましかった。毎日、真城さんと顔合わせてるんだもん」

ぎくり、と明は首を竦《すく》めた。

発言した彼女は今、明の後ろに並んでいるから、顔は見られていないだろう。けれど、なんとなく気まずくて、明は顔を隠すように下を向いた。

「何にサインしましょうか？」

だから、そう声をかけられるまで、明は自分が真城のいるテーブルの前まで来ていたことにも気付かなかった。

その声は懐かしい真城のものだった。

びくりと身体が震えた。ひどく緊張する。

「何かありませんか？　サインする物……」

真城に重ねて聞かれたけれど、どこか他人行儀な声音に顔を上げられない。

あんなに会いたいと思っていた彼が目の前にいるのに……。

「ところでお名前は？　もし〝あき〟なら、小冊子を差し上げます。それにサインをしますけれど？」

その言葉に明は衝撃を受け、はっと顔を上げた。

そこには見慣れたようで見慣れない、よそ行きの顔をした真城がいた。

「え、真城さん限定本はもう……。ご自身の物一冊しか……」

おそらく担当の編集者だろう。真城の斜め後ろに立っていた若い男性がやや焦ったように声をかける。

「いいんだ。彼女にあげる」

軽く手を上げ、担当者の言葉を制止してから、真城はまっすぐに明を見つめてきた。

「で、お名前は？『あき』さんなら、本当にサインをしてあなたに差し上げます」

見つめられるだけで、こんなに胸がときめくなんて……。

涙が溢《あふ》れてきてしまいそうになるのを必死に堪《こら》えて、明は震える声で答えた。

「あ……。私、明です。小野明」

背後が気になった。このやり取りを聞かれている。きっと図々しくて空気の読めない女だと思われているだろう。

――何でもいいからとっととサインしてもらって早く代わってよ。

――とっくに限定本はなくなっているのに、真城さん用の分をもらってまでサインが欲しいだなんて、何様？　そんなこと許すなんて真城さん、いい人過ぎる。

そう囁《ささや》くファンの女性たちの声が聞こえてきそうだった。

「そう。おの、あきさんね……。字は？」

さっと手早く小冊子を開き、真城は自分のサインを入れる。

「あ、あの……。明るいと書きます。よく男性に間違えられて……」

「うん。俺もね。忍だから女性によく間違えられたよ」

くすくすと笑いながら真城は答え、『明さんへ』と入れてくれる。

「じゃ、これ……。今日は来てくれてありがとう」

「は、はい」

受け取った本を抱きしめながら、明はひたすら真城を見つめた。すると手が差し出される。

何？　と一瞬怪訝《けげん》な顔をしたとたん、彼に微笑まれた。

「握手」

「え？　はい」

そうか、サイン会だものね。握手もするよね。でもさっきからなんなんだろう？　真城さんは……

何がしたいのだろう。何を言いたいのだろう。彼の話を聞かずに出て行ったことを怒っているわけではなさそうだし、過去と決別するためにわざわざサイン本をくれたわけでもなさそうだ。

胸が妙に高鳴って、明は足元が覚束《おぼつか》なくなった。

汗だって全身から噴き出しているし、頭が真っ白になりそうだ。

それでもそっと手を出して真城の手を握ると、その手の中に何かを握らされた。冷たい感触が手に一瞬走る。

これは？　と思って彼を見た時には、すでに明は係員に誘導されて、押し出されるように店の外に出されてしまった。確かに、明ひとりに長い時間をかけられるわけはない。

でも、もっといたい。彼の顔を見たいのに……

自動ドアの外で、明は店内を振り返った。もうここからでは彼の姿は見えない。

それでも、真城さんに会えた。真城さんの顔を見て声を聞いて、会話して……

明は感慨に浸《ひた》った。

でも、果たしてあれが会話と言えるのかどうか……

サインをもらった人が次々と店の中から出てきて、明は我に返った。顔を見られないように俯《うつむ》きながら店の前から離れ、そのまま馬場の家まで走って帰る。
家には誰もいなかった。平日の昼間なのでみんな出かけているのだ。
誰もいなくてよかった。きっと今の自分は妙な顔をしているだろう。
漠然とそんなことを思いながら、まだ握りしめたままだった手をゆっくりと開いた。
「あっ……」
驚きに、明は手の中の物を落としそうになった。
「これ……。これって……」
鍵だった。見覚えのある真城邸の玄関と勝手口の共用の鍵。
戻って来いってこと？　私、戻ってもいいの？
真城さん……。私……
溢《あふ》れ出る涙のせいで、小冊子の表紙がぼやけて見えた。

＊＊＊

一時間後、小冊子を読み終えた明は、また真城邸へとやってきていた。
屋敷の前にはサイン会帰りだと思われる女性たちがいつもの倍以上は集まっていた。
それを遠目に見た明は、一瞬躊躇《ちゅうちょ》する。

なんとなく正面の門から入りたかったのだけれど、この状況で行ったら目立ってしまうと考え直し、そっといつもの勝手口に回る。

「あの、お邪魔します。どなたかいらっしゃいますか？」

日野がいるのではないかと一応声をかけてみたが、返事はない。おそるおそる中に入ってみると、キッチンには洗い物が山積みになっていた。

懐かしい場所の懐かしすぎる光景に、明は感慨にふけるより先に思わずため息をついた。

なんで？　日野さんがいるのに？

退院後、なかなか思うように家事ができなくなったとは聞いていたが、台所仕事くらいはできたんじゃないだろうか。

「日野さん？　いらっしゃらないんですか？」

もう一度声をかけるが、家の中は静まり返っている。

まさか、また具合が悪くなって？　それとも買い物？

あれこれ思ったけれど、それを追及する前に身体が勝手に動いていた。まず食器を洗い始める。

「もうっ。本当にどうしてっ」

つい、ぶつぶつと文句が出てしまう。

ここが終わったら、玄関前のポーチだわ。それから庭の手入れと、またファンがごみを散らかしているかもしれないから門の前も……

手を泡だらけにしながら、ずっと気になっていた場所の掃除の手順を考えていると、不意に後ろから抱きしめられた。

「きゃあっ」

危うく洗っていた皿を取り落とすところだった。こんなことをしてくる人物はたった一人しか思い当たらない。明は高鳴る鼓動を抑えられずに、ただ固まった。

「何をしているんだ?」

懐かしい声。それもサイン会場で聞いたよそ行きの声ではない。いつもの聞き慣れた……

「な、何って、見ればわかりませんか?　洗い物です」

だから、明もいつもの態度で返してやる。

「今はいい。カチャカチャとうるさい」

「うるさいって……」

言いかけたところをいきなり振り向かされて、荒々しいキスで口を塞《ふさ》がれた。

「ん、んんっ……」

柔らかく啄《ついば》むでもなく、強引に唇を割って彼の舌が入ってくる。

なぜ私はキスに応《こた》えているんだろう。

明はどこか他人事のように考える。

けれど、その舌で歯列を少しなぞられ、口腔《こうこう》の粘膜を突《つつ》かれただけで、身体が蕩《とろ》け出しそうになり、これは現実だと認識する。

駄目……。駄目、今は……。いろいろ聞きたいことがあるのに……

思わず真城の胸を叩こうとした瞬間、それを察したのか、真城が身体を離した。

「お帰り」

とびっきりの笑顔でそう言われ、明は込み上げてくる嬉しさを抑えられなかった。同時に怒りも込み上げてきて、泣き笑いのような変な顔になってしまう。

「もうっ、どうして……私がいないとすぐこの屋敷は汚くなっちゃうのっ。真城さんだって……まともに着替えも」

そう言いかけて、明はあっ、と小さく声を上げてから言い直す。

「えっと、今日はサイン会に出ていただけあって、髪も服装もちゃんとしているけれど……。って、サイン会、終わったんですか？」

「終わったよ。打ち上げを断ってすぐに帰ってきた。少しドキドキしたけれど……」

「ドキドキ？」

「そう。君がここにいなかったらどうしようかと……」

その言葉を聞いたとたんに、カッと頬が熱くなった。

「鍵、もらったんだから来ます。だって、ずっと掃除したくて……」

赤くなった顔を見られまいと、明は少し横を向いたが、真城の手が顎《あご》にかかってすぐに戻されてしまう。

「うん。君はこの家と掃除が好きだものね」

家と掃除、と真城は言ったけれど、きっと本当は『俺が好きなんだろ?』と思っているに違いない。でなければ、こんなに自信ありげな笑みを浮かべないはずだ。

しかし、明には真城の心の言葉を否定できなかった。かすかに頷《うなず》いたあと、恥ずかしさをごまかすように、わざと口をへの字に曲げた。

すると真城が楽しそうに聞いてくる。

「で、あの小冊子は読んでくれた?」

「もちろん。あの物語の社会というか世界情勢は破滅まっしぐらだったけれど、二人の関係はハッピーエンドで終わっててよかった。でも……」

「でも? なんだ?」

「なんでサイン会なんかで……。どうして? そもそも私が真城さんの新作を読むとは限らないのに……」

それが不思議で、明は口をわずかに尖《とが》らせた。

「いや、君は読む。読書好きだし。何より俺の新作なんだから」

本当にその自信はどこからくるのだろうか。呆《あき》れてしまうけれど、真城の言葉通り、確かに自分はその小説を読んだのだ。だから今、ここにいる。

「わざと電子版先行にしたし、そうやって話題を作っておけば、嫌でも君の耳に届くと思って。届いたら君は読みたくなるだろう。他ならぬ俺の小説だし」

「もうっ、でもね。正直言って私、真城さんの小説は今まで一作しか読んだことがないんだから、いくら耳に入ってきても絶対に読むとは限らないわけで……」

怒るだろうかと思いながらもつい言ってしまった。

「へえ？　それは初耳だ。一作だけだとは……」

案の定、真城の眉がぴくりと跳ね上がる。

「まあ、今までの俺の作品が君の好みじゃないのはわかるけれど」

肩を竦《すく》めてみせる真城がとても気障《きざ》っぽかったけれど、それを見て安心してしまう自分がいる。

「そ、そうですね。でも新作はおもしろかった」

「だろうな。だって君のために書いたんだから」

あまりにもあっさりと言われて、聞き逃しそうになった。ものすごく照れくさくて嬉しい。明は耳まで赤くしてしまった。

「もちろん、それは最初に読んだ時から気付いてましたけれど?」

「うん。でも実はね……ちょっといろいろ自信がなかった。電子版先行にしたのも、本当は売れるんだろうかこれっていう気持ちがあって……」

「えっ」

さっきまで呆《あき》れるほど自信過剰だったのに、と明は口をぽかんと開ける。

「そんな顔するな」

よほど変な顔をしていたのだろう。真城はぷっと噴き出す。

「俺はこう見えて、とっても小心者なんだ。だから……」

「だからなんなんですかっ。本当に回りくどいです。あの新作を私に読ませたいのなら、直接送ってくればいいわけで。いいえ、それ以前に、なんで私を引き止めてくれなかったんですか?」

笑われたのがなんだか癪《しゃく》でそう反撃してみると、真城は困ったように顔を歪《ゆが》めた。

「だから言っただろう、小心者だって。自信がなかったんだ。いろいろと。小説をきちんと完成させてからにしようとか、あれこれと……。それに……もう嫌われていたらと……」

あとは小声で何かぶつぶつと言っていたが、明には聞こえない。

しかし、もう充分だった。真城の気持ちは痛いほど伝わってくる。ただ……

「でも、顔も見たくないって言いましたよね？　だから私の方こそ、もう嫌われているんだって……」

それが気になって仕方なかった。

なぜ真城はあの時、私の顔を見たくないと言ったのだろう。出て行けというのは日野さんのこともあるからまだわかるけど。あの時の寂しさと悲しみと今までの不安な気持ちを思い出して、明は聞いてみた。

「それは……。だから……」

すうっと真城の頬に朱がさした。

白い顔に広がるそれはたとえようもなく綺麗で、明はつい見惚《みほ》れてしまう。なんだかんだいっても、やはり真城は超が十個くらいつくほど美形だ。雑誌で特集が組まれるのもわかる。

「その……原稿がうまく進まなくて苛々《いらいら》してて……。そこに君があの男性と帰ってきたから嫉妬《しっと》で……。申し訳ないことをした。あんな真似をして、もう君には嫌われたと思ったし……。だったらこちらから別れるように仕向ければ……ああっ、もうっ」

大きく天を仰ぎ、真城は頭をくしゃくしゃとかきむしった。せっかく綺麗にセットされていた髪が台無しになる。

けれども、いつもの真城らしい雰囲気になって、明は口元を綻《ほころ》ばせた。

「何がおかしい？」

「んっ……。なんか真城さんが真城さんらしくて、かわいいなって」

「はあ？」

真城の眉頭がきゅっと寄せられる。その様子すらおかしくて、明はさらに笑った。

「君は大丈夫か？　どこかおかしいんじゃないか。そもそも君は隠れて俺の様子を見に来ていたようだが、そっちの方がおかしいだろう」

「ごめんなさい。それは……」

ばつが悪くなって明は俯《うつむ》いた。

それでも、プリプリと怒っている真城はやはりかわいくて、明の顔は緩みっぱなしになる。

「なんだ？　まだ俺がかわいいとでも？」

「うん。かわいい」

「やっぱり君はおかしい。おかしすぎる。俺のどこが、そして何がかわいいと？　綺麗だというのならともかく」

自分で綺麗だ、と言ってしまうのはどうだろう。明の笑いは収まらない。

「だいたい俺をかわいいと言って許されるのは日野さんくらいだ」

「あっ」

日野の名前を聞いて、明はハッと顔を上げた。

「日野さん……。そうよ。日野さんは？」

「ああ……。彼女は……」

今度は真城がばつの悪そうな顔になって少し言い淀《よど》んだ。

「今、温泉に行ってもらっている。湯治《とうじ》だな、本当の。退院した後、だましだまし仕事してもらったけど、その間も俺がわがままを言って無理をさせすぎたから。足腰にいい温泉で一週間ばかりリハビリも兼ねてゆっくりしてもらおうと……」

その台詞《せりふ》から、日野が明とぐり戸で会って話した内容はすべて筒抜けだったということがわかる。なんとなく気恥ずかしくなる反面、日野は大丈夫だろうかと心配になる。

「ああ、そんな顔をするな。本当に湯治だから。入院したわけじゃない。明後日《あさって》には戻ってくる」

「そうなんですか……。よかった」

でも……。でも……

私は……。私の居場所はもうないんだ。家政婦は二人もいらないだろうから。

なんだか寂しくなって、明の声は小さくなった。

日野が元気なのを喜ぶべきなのに、こんな風に思ってしまう自分が情けない。

「また……っ なんだその顔は……」

すっと真城の指が伸びてきて頬を突《つつ》かれた。軽く触れられただけなのに、そこから全身がじわりと温かくなる。

「その顔って……。私は真城さんみたいに綺麗な顔してませんしっ」

「そうだな」

「そうだなって……」

あっさりと肯定された上に笑われてしまった。こうなったら文句の一つも言っておかないと気が済まない。

なのに、彼の指で頬を撫《な》でられたら文句が引っ込んでしまった。そこからさっきより温かな物が流れ込んできたからだ。

彼の指は明の頬の輪郭をなぞりながら唇に辿り着き、上唇と下唇の隙間を何度もなぞる。

ぞくり。

背中に甘い衝撃が走る。あまりにそれが心地よくて、明はもっと彼の指を感じたいと思った。

自然と唇の隙間から舌が伸びて、ちろりと彼の指を舐めてしまう。

「なんだそれは?　誘っているのか?」

くすぐったかったのか、真城はわずかに指を引っ込めた。だけど、あの喧嘩《けんか》別れの時と同じ台詞《せりふ》を言ってしまったことに気付いたのだろう。

「ああ、いや……。すまない」

真城はそう言って恥じるように目を伏せたが、今の明には気にならなかった。だから気にしていないと首を横に振った。

「とにかく……そうだ……」

真城はいきなり明の手を引いて歩き出す。

「ちょっと待って。どこへ？」

なんだろうと少し焦ったが、明はそのまま真城に手を引かれて二階へ上がった。着いた先は、陶子の部屋の前だった。

「何？　何か……」

開けられたドアの先には、物が中途半端に片付けられた部屋があった。段ボール箱やごみ袋がいくつも床に並んでいる。

「君にこの部屋の整理を頼みたい」

「えっ。だってここは……陶子さんの思い出が……」

「君は俺の新作を読まなかったのか？」

真城の眉が吊り上がった。

「いえ、読みました。読んだからサイン会に……あっ……」

ぱっと顔が赤くなる。

あの小説の最後の一行で、主人公の画家は亡き妻の姿を描かず、ヒロインの絵を描くと宣言していた。それはつまり、真城も陶子の思い出にはもう囚《とら》われないということではないか。

おそらく真城が陶子へのこだわりを捨てたから、あの作品はハッピーエンドの小説になったのだ。

「これだけは、という形見の品なら、もう選《よ》り分けた。でも俺や日野さんが片付けると、どうしても思い出にふけったり、捨てられなかったりして、なかなか片付けが進まない。それに、日野さんには体力を使う仕事をしてほしくないし」

真城は笑って明の頬にまた触れてくる。

「はい。わかりました」

頬を触れる真城の手を意識してしまって、明は声が震えそうになった。

「ただ、まだかなりの量があるし、二、三日では片付かないんじゃないかと思う。だから君にはまた屋敷に寝泊まりしてもらって、この部屋を片付けてほしい」

それって……

じわりと胸が熱くなり、涙が滲《にじ》んできそうになる。

「あと、その……なんだ……。日野さんがどうしてもって言うから、その後もずっとここにいてくれると助かる」

「はい。喜んで」

文字通り小躍りして言ったのに、なぜか真城は不満そうだった。どうしてだろうと首をかしげると、いきなり抱きしめられた。

「なんで君は……」

彼の切なげな声が明の耳元で囁《ささや》いた。

「いいのか？　ずっと家政婦で……。どうしてもっと欲をかかない？」

真城の声と一緒に首筋にかかる息が、切ない口調とは裏腹にひどく熱い。明の官能にも火がつきそうだった。

「欲って……私、この仕事を天職だと思っているし……。ずっとこのお屋敷で、真城さんのいる空間で働けたらって思ってて……」

「ああ。俺もずっと君にいてほしい。だから……一生俺の側《そば》にいて、俺のために家事をして、俺と……。ああ、でも君がいると毎日抱きたくなって仕事が進まないかもしれないな」

そんな風に真城から言われた明は、どうしようもない嬉しさに包まれて舞い上がる。

「とにかく……。俺の側にずっといてほしい」

かりっと耳朶《じだ》を噛まれた。痛いけれど甘いそれに、明はびくりと震えた。

「もう……わからないかな？」

明の耳元で遊ばせていた唇を離し、真城は大げさにため息をついた。そして肩まで竦《すく》めてやや呆《あき》れ顔になる。

「さあ？　何のことでしょう？」

実のところ、わかっているのだけれど、明はわざと惚《とぼ》ける。

じれたのか、真城はいきなり明を抱きかかえた。

「え？　きゃっ」

そのまま確かな足取りで明を二階の寝室に連れて行く。

どさりとベッドの上に落とされて、明は一瞬マットレスに沈んだ。

「あの？」

まさか、と心臓が跳ね上がった。

けれど心の準備ができていない。少し待ってほしいと思う。

「待たないよ。俺はもうずっと待った。いや、違う。君を待たせたのかな？　小説が出来上がるまで……」

明の胸の内などお見通しなのだろう。真城は手早く自分の服を脱ぐと、明の服にも手をかける。

「え、えっ、でも……。まだ洗い物が途中だし……」

なんとかして彼を止めようと抵抗したけれど、鼻で軽く笑われた。

「洗い物は逃げない」

だったら、こういうことも逃げないのでは？　と一瞬思ったけれど、そんな明の表情を見た真城はまた笑った。

「でもね。君はすぐに逃げるから、今捕まえる。もう一生逃がさないように」

彼の言葉の最後は明の唇の上で紡《つむ》がれた。そのまま始まった口付けに、明は観念する。

確かに洗い物は逃げない。一生この屋敷にいるのなら、いつでもできる……

そう考え直したとたん、全身がいきなり火照《ほて》った。自ら求めるように真城の舌を口腔《こうこう》に迎え入れる。

侵入してくるそれに舌を絡《から》め取られたまま、真城の背に手を回す。すると真城もすぐに応《こた》えてくれる。明の舌を痛いくらいに吸い上げ、歯の裏の粘膜を舐め上げた。ぞわぞわとした感覚が明の背筋に走る。さらに真城は角度を変えて、明の口の中で舌を遊ばせた。

それと同時に彼は明の太腿を撫《な》で上げる。その手に明は反応する。

自然に脚が開いてしまうのだ。まだ何もされていないのに、下半身が熱く潤《うる》んでくるのが恥ずかしい。

そして真城も明と同じように、すでに身体を変化させていた。明の腰のあたりに彼の硬い物が当たる。明はまだかろうじて下着をつけていたけれど、真城は全裸だった。

彼の熱さがダイレクトに伝わってくる。先端がもう湿っていて、彼が動くたびに肌をぬるぬると滑る感触に、明は外からも中からも濡らされた。

真城は執拗《しつよう》に明の口の中を征服し続け、手で明の胸を揉んできた。時折、中指が胸の突起を押してくる。

ブラジャー越しのそれは、ものすごくもどかしくて、早く直接触れてくれないだろうかと、ぼうっとし始めた頭で思ってしまう。

しかし、そのまま真城は明の胸にむしゃぶりついた。ブラジャーの上からねっとりと舐められて、噛まれる。

布越しだから噛まれても痛くない。それどころか、その感触がものすごく気持ちよくて、明は熱い息を吐き出した。

真城の唾液ですっかり濡れてしまった布が乳房に張り付いた。パットの薄いブラジャーだから、真城に舐められてつんと尖《とが》ってしまった部分の形がくっきりと浮き上がっている。

ちらりと真城を見ると、そんな明の姿を楽しむように目を細めていた。

明の全身が疼《うず》いた。早くこの疼きを静めてほしい。そんな思いが伝わったのか、真城は明に口付けをしながら下半身に手を伸ばす。

脚の付け根を指でなぞりながら、掌《てのひら》全体で明の敏感な部分を包み込む。

優しいけれど、確実に女の本能をむき出しにさせる触り方だ。案の定明はひとたまりもなかった。

すぐに敏感な粒が反応して存在を主張するように硬く尖る。それは下着の布を押し上げて、真城の掌に自ら吸い付いていくようだ。

「んっ、ふっ……」

かすかに漏《も》れる明の息はもう熱っぽい。まだ口付けは解かれていなかったから、大きな声にならなかったことだけが救いだ。

こんな触れ合いだけで、あられもない大声を響かせてしまうのは恥ずかしい。

真城は同じ所を何度も指で押したり弾《はじ》いたりしてくる。そのたびに明は身を震わせ、蜜を漏《も》らす。最初は乾いた感触だったのに、しっとりと布が張り付いてくる。

もう……。ああっ……

胸もそうだったけれど、こちらも布越しなのがもどかしい。早く直接触れてもらいたい。けれど、とてもそんな言葉は口にできない。

もじもじと腰を浮かせるのが精一杯だ。

「どうした？」

やっとキスをやめた真城がそう聞いてくる。

わかっているくせに意地悪だと軽く睨《にら》むと、口角をきゅっと上げて微笑んだ真城が、その形のままの唇を明の脇腹に這《は》わせた。

ぬるっとした肌触り。濡れた跡が空気に冷やされる。

「んっ……。なんかくすぐったい……」

くすぐったいだけでなくて甘い悦《よろこ》びも生じているのだが、素直に言葉にできない。本当は悟られたくないけれど、きっと真城さんにはわかっているんだろうな——そう思った明は全身を朱に染めた。

「ただくすぐったいだけ?」

言葉と同時に脇の下をきつく吸い上げられて、明は大きくのけぞる。

今度は少し痛い。

でも、たとえそれを訴えても、真城はきっと意地悪にあれこれしてくるんだろう。明はただ首を振った。

「そう……」

何がそうなのか、明にはわからなかった。真城は唇を脇から滑らせる。そして濡れて始めている下半身をぎりぎりで避けて、太腿に唇を這わせてきた。

「あ、あっ……」

きわどい場所に伸びてきた舌が明を追い詰める。

「ああ、明。わかる? ちょっと太腿を舐めただけなのに、ほら……」

ちょん、と敏感な粒を弾《はじ》かれた。

「ひっ、やあぁんっ」

その強い刺激に、明はついにあられもない声を上げてしまった。

「もっと声聞かせて」

弾《はず》んだ声で言った真城が、明の勃《た》ち上がった場所を下着越しに舐めてきた。

「うっ、あぁぁっ！」

もう堪《こら》えられない。びくんと腰を何度も跳ね上げてしまう。

真城は一度舐めたそこを今度は舌で突《つつ》きながら、明の両脚を大きく割った。

「や、だっ……めっ……」

「駄目？　どうして？　こんなに濡らしているのに？」

恥ずかしい。恥ずかしすぎる……

明は両手で顔を覆《おお》う。

「ほら」

舌だけでなく指でもなぞられると、そこからつま先にまで甘い電流が走った。

真城の唾液と自身が溢《あふ》れさせた蜜で下着はもうびしょびしょだった。濡れた下着がまとわりついて食い込んでくるのすら、今は気持ちいい。

ただ、ずっと放っておかれている胸が寂しかった。ブラジャーの下で頂《いただき》は硬くなり、つきんとした痛みすら伝えてくる。

今ここを弄《いじ》られたらどんなに気持ちいいだろう。

「ああ。また濡れた……って、俺の唾液のせい？　それとも君自身？」

「し、知らない……」

答えた声はやっぱり弾《はず》んでいた。

「俺かな？」

舌ではなく指で明確になぞられる。膨らみきっているしこりを弾《はじ》きながら脚の中心を往復されて、次第に明の綻《ほころ》びが花開く。

下着の上からではその様子は見えないだろう。それでも触っている真城の指には、その手ごたえがあるはずだ。

「も、もう……」

じれったいにも程がある。ついそう口走ると、真城はまるで宥《なだ》めるように明の胸に手を伸ばしてきた。

ブラジャーを押し上げて、やっと直接触ってくれる。

「ん。ふっ……」

待ち望んでいた刺激の一つに、満足げな甘い息が明の鼻腔から漏《も》れた。しかしそこが満たされると、やはり気になるのはまだ布に覆《おお》われている場所。

腰が自然に動いてしまう。太腿と太腿を擦《こす》り合わせたくなる。だけど両脚を抱えられるようにして開かされているので、擦り合わせられない。

ひくひくと動く明の腿の筋肉が目に入ったのだろう。真城はいきなり強い調子で指を使い出した。そのままぐっと布ごと綻びの中心に挿《い》れてくる。

「なっ！」

明の目が見開かれた。

布ごとなんて気持ち悪い。やめて、と言いたくても言えなかった。こんな状態で何か言ったとしても、ただの嬌声《きょうせい》にしかならない。

真城の指がぐいっと押し込まれるたびに、布が肉襞《にくひだ》を擦って、気持ち悪いと思ったそれが意外なまでによくなった。くらりと眩暈《めまい》がして、自分の中の何かが浮き上がりそうになる。

気持ちいい……。でもやっぱり物足りない。

布が邪魔をして真城の指が奥まで届かない。もっと奥の一番感じる場所を擦ってほしい。とろりと溜まり続けている蜜を指でかき出してほしい。

「くっ。ううぅん……。あ、真城さんっ……」

布ごと挿入されているせいか、いつもよりも淫猥《いんわい》な音が響いて、明は羞恥《しゅうち》と快感の狭間で身体を蕩《とろ》けさせていた。

「ごめん……。これ、もう穿《は》けないね」

真城はぐしょぐしょに濡れた下着を明から剥ぎ取り、部屋の隅に放り投げる。

ああまた、そんなところに放り出して……。ちゃんと片付けないと……

悦《よろこ》びで白く染まった頭の中でも明はそんな風に考えた。もう一種の職業病なのかもしれない。

「ほら、こっちも取っちゃおう」

かろうじて身についていたブラジャーも真城は外し、また放り出す。

裸ならもう何度か見られたのに、どうしても恥ずかしくて、明はくるりとベッドの上で反転した。それが男の目には誘っているようにしか見えないことが、明にはわからない。

「綺麗だな」

明の背中の下にある双丘に真城の唇が触れる。

「きゃっ」

予想外の真城の行為に、明は思わず身を起こしかけたが、背中をやんわり押されて戻された。

「いいから。じっとして……」

そうして真城はその高ぶりを、明の双丘の割れ目に沿って擦《こす》り付けてきた。

「ふっ……」

ぬるりと滑るそれが心地いい。けれど……

「お尻上げて、脚開いて……」

そんな催促をされた明は、一瞬混乱した。恥ずかしいから背中を見せたのに、真城の言う通りにしたら、すべて丸見えになってしまうではないか。

「お願い」

懇願《こんがん》の声がお尻の上から聞こえた。真城の唇がそこに吸い付く。柔らかい肉を甘噛みされ、直後に猛《たけ》った物で軽く叩かれた。

ぴちゃり、と明のお尻の上で水音がして、熱い滴《したた》りが狭間に伝い落ちていく。

真城も明以上に濡れているのだ。

「ね……。いや……そうすれば熱くなる面積が減るだろう？」

「あ……。それ……」

明が続きを待望していたあの小説の男の台詞《せりふ》だった。

月が二つ上る星の熱い砂の上で、主人公たちは初めて愛を交わしていた。その直前、熱い砂の上なんかでは嫌だと言う女に対して、男がそう言ったのだ。

そんな風に小説の中の台詞を言われると、素直に従わなければいけないような気分になって、明は思い切って腰を上げた。そしておずおずと、脚を開く。

ひやりとした空気がそこに当たる。あんなに熱く濡れていたのに、すぐに乾いてしまいそうだと思った。なのに真城の視線を感じたとたんに、そこはまた熱く濡れそぼる。でもこれ以上見られるのは恥ずかしい。もう見ないでほしい。早く……

「は、早く……。もうっ……」

催促したのは恥ずかしくてたまらないから。我慢できないくらいにいやらしい気持ちになったからではない。

「君から早く……とおねだりされるなんて……」

くすくすと笑う声が聞こえて、真城の剛直が狭間に当てられた。彼は潤《うる》み切った明の綻《ほころ》びを楽しむようにゆっくりとそこを擦《こす》る。

それだけで明の中が疼《うず》いた。じんじんとかゆみを伴う痺《しび》れが広がって、まだ挿入されていないのに、引き絞るように肉襞《にくひだ》が収縮する。

そこから、とろりとより濃厚な蜜が溢《あふ》れ出て、太腿を濡らした。やがてぽとりとシーツにまで落ち、しみが広がっていくのがわかる。明はますますもどかしくなり、真城を導くように腰を揺らす。

「本当に……そんなに欲しいのか？　俺が？」

「欲しい……から……」

小声で訴えると、真城はご褒美を与えるように明の中に指を挿《い》れた。

「あっ……」

欲しいのは指ではない。けれど、むず痒《がゆ》いようなそこに指が当たると、気持ちよくて仕方ない。

「こんなに積極的になってくれるなんて……」

ものすごく機嫌のよさそうな声で言って、真城は片手の指を挿入したまま明の尻を撫《な》でる。そこから全身にぞわぞわとした快感の鳥肌が立って、明はますます腰を動かしてしまった。

「これからもずっと……こうして……」

真城が何かを言った。けれど、挿入される刺激をやり過ごすのが精一杯で、明はその内容が聞き取れなかった。

彼の指によって押し広げられた花びらに、明の中から溢れた蜜が絡《から》まる。真城はその蜜を指に受け止め、また明の中に押し戻す。

「んんっ……」

自分の中で蜜が逆流する。奥から新たに湧き上がってきた蜜と一緒になって、それは明の肉の中に満ち、またこぼれていく。

真城の指と肉の路《みち》の隙間からたらたらと蜜が流れ出るのがわかって、明は羞恥《しゅうち》と悦《よろこ》びに翻弄《ほんろう》された。

いつの間にか真城の指は二本に増えていて、中で閉じたり開いたりを繰り返している。

「や、それ、いやっ……」

指の開閉が繰り返されるたびにくちゅくちゅと濡れた音がして、明は耳を塞《ふさ》ぎたくなった。お願いだからそれをやめてほしい。

そんな恥ずかしい音を立てないでほしい。

「いやって……。どうして？　こんなに濡れているのに……」

真城の指がいったん抜かれた。その濡れた指を、真城は明の太腿の内側にわざと擦《こす》り付けてきた。全身が粟立《あわだ》つ。甘い灼熱《しゃくねつ》に支配される。

「ほら……」

真城は明の綻《ほころ》びを両方の指で左右にひっぱり、極限まで広げた。

「奥まで濡れている。まだまだたっぷり蜜が絡《から》んでいる。真っ赤に熟《う》れて……。ひくひくして……」

「や、やっ……。言わな……いで……」

真城の視線を感じて明の中が激しく収縮した。そして奥の蜜を押し出してしまう。それはとても濃厚で熱く、ねっとりと太腿に伝っていく。

「ああ……。こんなに……」

真城の熱い息が際どい場所にかかった。その声は掠《かす》れていて、聞いているだけで明の鼓動が加速していく。

もっと気持ちよくしてほしい。恥ずかしいけれどもっと……

その衝動に突き動かされ、明は腰をうねらせた。

「ふっ……そんなに俺が欲しい？」

重ねられる問いに明は震えながら頷《うなず》く。

「だったら……」

と、彼は明の手を取り、明自身に導いた。

「自分でここを開いて、欲しいって言って……」

「な……。そんな……」

できない。恥ずかしい。それはあまりにも意地悪すぎる。

どっと涙が溢《あふ》れ出す。

すすり泣きの声が漏《も》れたのだろう。背後でふっと息をつく音が聞こえた。

「ごめん……。意地悪だったね……。でも、そのまま少し待っててくれると嬉しい」

両手両足をついたこの恥ずかしい姿で、いつまで待てばいいの？　明がそう思った矢先、足元のベッドマットが少し浮き上がる感じがした。

ああ、そうか……と明は真城が望む通りにすべく、おずおずと自分の双丘に手をかけた。

彼は私のために避妊具を装着しようとしているのだ。

この間は思わず見てしまったけれど、彼にしてみたら、きっと見られたくないんだと明は思った。

両手で双丘を掴《つか》むと、どうしても肩だけで身体を支えることになる。そうすると、より腰を高く上げる格好になってしまい、明はまた涙を溢《あふ》れさせた。けれど、今度の涙は悲しさではない。恥ずかしすぎて溢れてきたのだ。

本当はこの状態で『欲しい』と言えればいいんだけれど、どうにも言えそうにない。真城が望んだことだとしても、それだけは無理だった。

でも、彼に喜んでもらいたいし、明も彼が欲しかった。

涙に濡れる顔を枕に埋めて、明は自分の恥ずかしい場所をさらし続ける。

「ごめん……。ありがとう。嬉しいよ……」

嬉しいと言われ、明の胸はときめいた。しかし、彼の手がそっと明の手を掴み、また手をつくように誘導すると明の身体に緊張感が走る。

明はまだ真城にお尻を見せているのだ。このまま背後から抱かれるかと思うと、自然に脚が震えた。

「明……怖くないから……」

明の緊張を悟ったのか、真城はそっと背中を撫《な》でる。背骨にそって動く指が、綻《ほころ》び切って真城を待つだけの蜜の中心に軽く挿《さ》し入れられた。

「ああっ……。んっ……」

ずっと熱く疼《うず》いていたから、わずかな挿入でも感じてしまう。明の緊張は次第にほぐれていった。

それを見計らったように、今度は指ではなく、真城自身の熱がぬるりと軽くもぐりこんできた。

そしてゆっくりとそれが奥深くまで入ってくる。

「ふ……ううん……」

指よりも逞《たくま》しいそれに背後から貫《つらぬ》かれ、明は両手を突っ張らせた。シーツに大きな皺《しわ》が寄る。もっと彼を感じたくて、すぐにでも腰を振りそうになったけれど、そうするとあっという間に達してしまいそうで、明はそれが嫌だった。

「何をっ……我慢してるの？」

真城の声が少し弾《はず》んでいる。彼も挿《い》れた心地よさを堪《こら》えているのだろう。けれど、すぐに達してしまうなんてもったいないと、明の身体が訴えている。

「あっ……。な……にも……。ふううっんっ」

我慢なんてしていない。そう答えようとしたけれど、甘えたような声しか出てこない。

真城が徐々に動き出した。背後から揺さぶられると、彼がいつもよりずっと奥深くまで届く感じがして、たまらない。

彼の顔が見えないのは寂しかった。けれど、きっと今の自分の顔は欲望で蕩《とろ》け切ってしまっている。そんな顔を見られないで済むのはありがたかった。

初めての体位だ。一瞬あれこれ考えたけれど、あっという間に頭が空っぽになる。

熱い塊《かたまり》で下半身が埋め尽くされている。彼のものが引き抜かれ、ほとんど外に出て行っても、彼の熱は身体の中に残り、明を甘く苦しめる。じゅくじゅくと溢《あふ》れ出す蜜は止まらず、真城が突き上げたり中をこねるように回したりするたびに、飛び散っていた。

その音が恥ずかしくて耳を塞《ふさ》ぎたかったけれど、両手をベッドの上についているからそれもできない。それをわかっているからなのか、真城は明の弱い部分を捉《とら》えて強く擦《こす》ってくる。

「ああ、んっやあ」

熱くて、熱くて、もう、そこだけが明自身のようだった。なのに……

不意に彼の手が胸に回ってきた。

「……っ！　あああああー」

ただでさえ硬くなっていた頂《いただき》に指をかけられて、明はがくがくと震えた。踏ん張っていられずに真城を呑み込んだまま、シーツに突っ伏してしまう。

「こら」

頂を軽く抓《つね》られる。

「ひっ、やん」

痛いはずなのに、胸に走った痺《しび》れはむしろ悦《よろこ》びで、その悦びが下へと連動して真城をさらに締め付けていた。中が熱くうねり、明の意思に反して勝手に真城に絡《から》みつく。蠢《うごめ》く襞《ひだ》の奥からじゅわっと愛液が滲《にじ》み出し、どんなに明が締め付けても真城の動きは滑らかだった。

「あーあぁっ、はあぁんっ」

シーツにぺたりと頬と上半身をつけ、明はもがいた。あまりによすぎて喘《あえ》ぎが止まらず、視界が滲み、涙がこぼれた。

軽く中が痙攣《けいれん》して、ふわりと身体が浮き上がる感覚に襲われた。

「おいっ、くっ……。達《い》くのはまだ早い……」

真城にそう言われて初めて、明は自分が達してしまったのだと知った。

背中にぽたりと何かが滴《したた》る。それが真城の汗だと認識できない。それでも、その刺激は肌に心地よくて、明の全身は痺れてしまう。

また甘い波が押し寄せてきて、苦しくて仕方ない。

でも、苦しいのに気持ちいい……。

もう明にはどちらの感覚に身をゆだねていいのかわからなかった。

ただ、真城が自分の中にいる。明自身が真城をしっかりと捕まえていて離さない。それだけはわかった。

「明、ほら、もっと……っ」

ズン、と一際強く突き上げられて身体が大きく前にのめった。

「あああっ」

その衝撃で胸がシーツに擦《こす》れ、また新たな刺激が全身を駆け巡る。

「ひゃあっ……。ふっ、あっ……」

「明……。明……。あ……き……」

何度も名前を呼ばれ、繰り返し突き上げられて、いつしか明は深い快感の中に落ちていった……。

＊＊＊

白いシーツが陽光の下、風ではためいている。

そのシーツを取り込もうと明が物干し竿に手をかけた時、背後から呼ばれた。

「明ちゃん。そろそろお昼の支度にとりかかろうと思うんだけれど」

日野だ。いつもの白い割烹着《かっぽうぎ》姿でにこにこ笑っている。

真城と本屋で再会した日から、明はまた真城邸で暮らし始めていた。

日野ができない家事を担当する二人目の家政婦として。

ただ、今回交わした契約書は前回と少し違っていた。

真城は死ぬまで明を雇うという内容だった。それを知った馬場をはじめとした紹介所のメンバーは皆、その内容に驚いていたが、明は幸せだった。

「そうですね。今日は何にしますか？　最近、また真城さん忙しいみたいで、一緒に食べてくれるか疑問ですけど。足りない材料があったら買ってきます」

取り込んだシーツを手に日野に近寄ると、今日は大丈夫みたいだよ、との答えが返ってくる。

「それよりね、なんか業者さんがやってきて、さっきからいろいろ家具を運び入れているんだけれど」

「家具？　そんなの聞いていませんけれど……」

模様替えでもするのだろうか？

首をかしげていると、日野がにこにこと笑った。

「明ちゃんのための家具かもしれないよ？　結婚するんでしょ」

「え、やだ。私、ただの家政婦ですよ」

日野に真城との関係を隠しているわけではない。ただ、改まって話をしているわけでもなかった。とはいえ、そこは年の功なのか、日野はとっくに二人の関係を見抜き、たまにこうしてからかってくるのだ。

恥ずかしくて肯定もできなくて、いつもこんな風にごまかしてしまう。

「この間も門のところでね、ファンの子たちに聞かれたのよ。あの女性は恋人かって。お手伝いさんだって話もあるけど、どっちって」

胸がドキドキしてきた。

最初の契約の時も、ファンの人たちには真城との関係を詮索《せんさく》されていた。いつも門前の掃除をしていたから、しだいに家政婦と認識されたようで、変に睨《にら》まれたり何かを聞かれたりすることもなくなっていたのだ。

なのに、またそんな話が……

けれど、それは仕方ないかもしれない。ジムや仕事で外出する以外はあんなに出不《でぶ》精《しょう》だった真城が、明とちょくちょく買い物に行くようになったのだから。

彼としてはデートのつもりらしい。

デートならもっとそれに相応《ふさわ》しい所がありそうなものだ。けれど、いつも屋敷の中でしか彼を見ていない明からすれば、ただの買い物でも新鮮で嬉しかった。

「明、ちょっと」

頭上から真城の声が響いた。声の方を見上げると、二階の陶子の部屋の窓から彼が手を振っていた。

「はい。今行きます」

なんだろう？　あの部屋はとっくに片付けて、今はただの空き部屋なのに……

空き部屋でも空気の入れ替えや掃除は必要だから、明は毎日掃除していた。

「真城さん？」

抱えていたシーツを一度置いてから二階へ行き、明はドアをノックした。

「入って」

なんだか妙に改まった雰囲気の声に、明は緊張する。

古いタイプのドアノブを回す手に汗が浮かび、心臓はとくとくと速く打ちつける。ドアを開けるのも慎重になってしまった。

「あ……」

ドアを開けた先に広がっていたのは、明が見知った部屋ではなかった。

真新しいカーテンが窓辺で風に揺れ、窓際にはこれもまた真新しいベッドが置かれている。ベッドサイドには、読書するのによさそうなオットマンつきのカウチソファに、テーブルまであった。そのテーブルの上には読みかけの真城の最新作が載っている。

他の家具もすべて新調されていた。

さっき業者が来たって日野さんに聞いたけれど、この部屋に運んだんだ。

しかし、なぜだろう。この部屋の主《あるじ》はもういないのに。

真城はその部屋の窓際で、明を眺めて微笑んでいる。部屋の中を見回すと、その片隅には明の着替えなどの荷物が入ったトランクが置いてあった。

どういうこと？

「あの、これは……？」

「今日からここが君の部屋だ」

「え？　だってここは……」

「うん。ここはこの屋敷の女主《おんなあるじ》の部屋だからね」

その意味がわからずに明は目を瞬《しばたた》かせる。

「それと、これ……」

真城はテーブルの上にあった紙を取り上げて、明に向かって手招きした。

「新しい契約書だ。きちんと読んで、署名して判子《はんこ》を捺《お》してくれ」

「えっ……」

絶句した。

それはもちろん嬉しい意味での……

渡された紙を受け取る明の手が震える。さっきまで『とくとく』だけだった心臓の鼓動がもっと速くなり、胸を突き破りそうだった。

「これ……。婚姻届……」

口に出して言ったとたん、明の瞳から涙が溢《あふ》れた。真城の署名がされ判子も捺されたせっかくの婚姻届が、涙で霞《かす》んでよく見えない。それが悔しい。

「あ、ありがとう……。でも……ってことは今まではお給料をいただいていたけれど、これからはただ働きですね」

悔し紛れにそう言うと、真城が噴き出した。

「君が気にかけるのはそれ？　まったく……」

「だって、だって……。嬉しくて……」

鼻をすすり涙をごしごしと拭くと、また笑われた。

「馬鹿か君は？　嬉しいのに、それって……」

呆《あき》れた声で、真城はいつものように大げさに天井を仰いで肩を竦《すく》めたが、すぐに明に向き直った。

「小野明さん。これから一生俺の側《そば》にいてくれますか？」

「は、はい」

「そして、俺と君だけの新しい物語を一緒に作ってくれますか？」

「はい！　もちろん！　喜んで」

思いっきり笑顔になって答え、明は真城の腕の中に飛び込んだ。

勢いが良すぎたのか、明を抱いたまま真城がテーブルにぶつかった。その拍子に置いてあった本が落ちかかったが、真城は片手でひょいとそれを受け止める。けれど、はさんでいたしおりが抜け落ちてしまう。

「ん?」

「あ……」

明の声と視線に気づき、真城はちらりと床に落ちたしおりを見た。が、すぐに明に向き直り明の額《ひたい》を軽く小突いた。

「こら。俺と本とどっちが大事? だいたいこれから二人で二人だけの物語を作るんだろう? 読むのも君だよ? 君だけが読めるんだ」

小突いた場所と同じところに真城からキスをされ、明は真っ赤になった。

「私だけ? 真城さんも読むんでしょ?」

「うん。もちろん」

真城は笑顔で答え、明を力強く抱きしめた。

開け放たれた窓から柔らかな風が吹き込み、床に落ちた本のページをめくった。何枚も何枚も——

これから紡《つむ》がれる二人の物語のページが今、めくられる。

書き下ろし番外編

家政婦は見ていた

明の白い肌が上気して、閉じた睫《まつげ》が必死に何かに耐えるように震えていた。

さっき俺――真城忍が彼女にとっては恥ずかしいお願いをしたせいだ。黒の総レースの下着姿で、庭に面した窓に両手をついて、腰を突き出して欲しいと……

「本当にこれが、真城さん……、じゃない……、忍さんの仕事の役に立つの？」

俺の新妻《にいづま》明は、不安げにこちらを振り返った。結婚して日が浅いせいか、彼女はまだたまに俺を苗字で呼ぶ。『忍』と呼びにくかったら、『ご主人様』と呼んでもいいと言ったけれど、やはり忍さんと呼ばれるほうがいい。

明は元々俺の家の家政婦だったから、ひょっとしたら『ご主人様』のほうが抵抗ないのかもしれないけれど。

「もちろん。今度書こうとしてるのは、奔放《ほんぽう》な悪女の話なんだ。そうやって男を誘って手玉に取って……」

明の姿をあらゆる角度から眺めながら俺は答えた。

「やだ……。私誘ってなんか……」

ぱっと明の顔に朱が散った。これは怒りなのか羞恥《しゅうち》なのか判断しかねる。けれど顔を真っ赤にしている彼女はかわいくて、俺はにやけそうになった。

だが、ここでにやけてしまったら、仕事のためというのは口実で、彼女のこういう下着姿を一度見てみたかっただけだという俺のよこしまな考えがばれてしまう。

「わかっているよ。俺の明はそんな女じゃない」

慌《あわ》てて口元を引き締めてから言うと、明は恥じ入るように俯《うつむ》く。うなじまで赤くなっていて、清潔な色気が匂い立つようだ。

「こういう格好でここに立ってくれとお願いしたのは俺だからね」

彼女の背後に立ち、俺は覆《おお》いかぶさるようにして耳元で囁《ささや》いた。耳朶《じだ》に息がかかってくすぐったかったのか、明はぴくりと肩を竦《すく》める。

「ただ、少しリアルに描写したくて……。そういう下着を着けている時の透け具合とか、食い込み方とか……」

言ったとたんに、彼女は弾《はじ》かれたように顔を上げたが、それでも俺に言われたとおりにまだ窓に両手をついている。

ただし、突き出されていた腰が最初より少し引かれてしまった。恥ずかしくて仕方ないのだろう。けれど、もうやめたいとか、嫌だとは訴えてこない。

「明、さっきみたいにもう少し腰をこっちに突き出して」

そう言うと、おずおずとしつつも、明は背中をそらすようにして腰を高く上げた。

本当に彼女は素直で真面目だ。

「こ、こう？　これでいい？」

「ああ。いいよ。上出来だ」

俺は彼女から少し距離を取り、改めて見つめた。

下着は薄いレースだ。胸パッドなんて邪魔のものはないから、ほの赤く色づいた胸の先端が覗《のぞ》いている。

パンティーだってTバックの透け素材だから、少し両足を開いてもらうだけで何もかも見えてしまう。

ああ……。駄目だ。いやらしい微笑みが出てしまいそうだ。顔をひきしめないと……

「あの……。それでいつまでこうしていればいいの？　なんだか……」

と、明は窓の外をちらりと見た。

「大丈夫。誰も見ないよ……。というか、今日は誰も門前にはいないだろう？」

明との結婚を公表して以来、ファンが訪《たず》ねてくることはめっきり減った。

少し残念だけれど、俺を作家ではなくアイドルタレントのように思っているファンが減っても痛くも痒《かゆ》くもない。

いや、本音を言えば減って欲しくはなかったが……。

その分男性ファンが増えたから、結果は悪くない。

こうなったらさらに新たな層のファンを獲得しようと思い立って、悪女物を書くことにしたのだ。

「う、うん……。確かに門の前には誰もいないけど……」

顔を窓にくっつけるようにして外を見ていた明が答える。この客間の窓からは、門前の道路が見えるのだ。

「でも……日野さんが……」

日野さんとは我が家の昔からの家政婦だ。明はその日野さんが庭に出てこないかと心配しているのだろう。

「大丈夫。日野さんなら趣味の大正琴《たいしょうごと》クラブにでかけたよ。だから……」

彼女を安心させるように、俺は背後からそっと抱きしめる。

「だから、逆に言うと、いまのうちなんだよ。こんなことできるのは」

「う、うん……。そ、そうね……。あっ、ちょっ……。どこを……」

明のうなじに舌を這《は》わせたとたん、彼女の背中が震え、俺から逃げるように動いた。

「どこって……。君のうなじ……。それから肩……。背骨……」

俺は囁《ささや》きながら実際に舌を動かした。

「やっ、あっ……」

感じているのか、彼女の口から洩《も》れた声が甘い。

「ど、どうしてこんなこと……する……の？」

「どうしてって……」

俺がしたいから。なのだけれど……

「ああ、小説の中でね……。悪女が誘ったあと、男はどうするかなって想像して……。そうしたら自然に……。君だって色々想像したり妄想したりするだろう？」

「んっ……。それは確かに……」

何かを想像したのだろう。彼女の身体が一気に熱くなった。妄想癖のある彼女のことだ。実際に自分が悪女になって、男を奔放《ほんぽう》に誘っている場面を思い描いたのだろう。

「確かに何？」

微《かす》かに笑いながら俺は、彼女の尻に手を伸ばした。ついでに左手を腰に回し、明の動きを封じ込める。

「あっ……」

ぴくんと腰が跳ねた。それを押さえるように掌《てのひら》で柔らかな肉を撫《な》で回し、Ｔバックの細い布を指でなぞった。

そこはもうこれ以上ないくらいに濡れていて、俺の指が触れただけで、中から蜜が溢《あふ》れ出し、太腿に伝っていった。

もちろん俺の指にも絡《から》みついて、彼女の興奮がまさに手に取るようにわかった。

「どうしたの？　君はいったい何を考えたんだろうな。こんなに濡らして……」

「な、何も……。忍さんが……、さ、触るからっ」

「わかった。じゃあ、もう触らない」

すっと指を引いて、濡れた場所を見せつけるように明の顔の真横の窓に手を付く。

俺の指に絡んでいたとろっとした液体が窓に付着して、明は真っ赤になって慌《あわ》てて顔を背《そむ》けた。

「これでいいね。もう触らないから」

「ま、窓……」

俺の台詞《せりふ》に対して明から返ってきたのはそんな言葉だ。

「はっ？　窓？」

もっと違う言葉を期待していた俺は、がっかりしながら聞き返す。

「だって……、窓汚れちゃったから……。掃除……」

「君は……。こんな時にでも掃除かっ……」

呆《あき》れて俺は肩を竦《すく》めた。

明は掃除魔だ。それはわかっているけれど……

「君は、俺と掃除、どっちが好きなんだ?」

こんなこと言いたくないけれど言ってしまう。聞かずにはいられない。

「そ、それは……。忍さん……」

少し間があったけれど、明は消え入るような声で答えてくれた。

「よかった……。じゃあ……。いいよね?」

何がと、問い返される前に俺は細い布の中に指を挿《い》れた。そのとたん嬌声《きょうせい》が明の口から迸《ほとばし》った。

「ひゃっ、あっ!」

明の中は熱くて、奥のほうに濃厚な蜜がたっぷりと詰まっている。それを指で掻き出すようにしてやると、彼女はさらに声高く啼《な》く。

「あ、ああああっ、んふっ」

蜜を掻き出しながら何度か指を抜き差ししたあと、そっと抜くともっとして欲しいのか、彼女の腰が大きく突き出された。

指を挿れる寸前までそれなりに慎ましく閉じていた綻《ほころ》びも、もう真っ赤に花開き、掻き出す必要なんてないくらいに蜜を溢《あふ》れさせている。

「ああ……。もったいない」

俺は掠《かす》れた声を上げ、彼女の蜜に舌を伸ばした。

「ひゃっ。んっ、あ、だめぇ……」

腰を振って明は逃れようとする。が、そんな声で駄目と言われ、腰まで振られて引き下がる男がいるだろうか。

柔らかな肉を舌で押し、さらに抉《こ》じ開ける。ひっきりなしに噴出してくる蜜を舌で受け止める。

ピチャピチャと猫が水を飲むような音がして、明の喘《あえ》ぎ声も子猫が甘えるような感じになってくる。

あまりにも耳に心地いい声だったから、さっきから硬く勃《た》ちあがっていた俺自身の先端も濡れた。

「ああ……。もう……。明……こんなにかわいいなんて……」

我慢できない。

もっとじらして明の反応を見たかったけれど、限界だ。

もう下着の役目をはたしていないTバックの布をずらし、彼女の双丘の片側にひっかける。同時にジーンズのジッパーを開け、前から欲望を取り出した。

「え？　ま、まって……、こんなとこで……」

気配を悟った明が振り返ろうとしたけれど、きつく片手で抱きしめ、俺は彼女の中に侵入した。

＊＊＊

そろそろ起こそうか……

俺は隣で寝ている明を見て思う。あれから明を抱えて自分達の寝室に行き、そこでもまた欲望を彼女にぶちまけた。

そのせいだろう。明は疲れて眠っている。抱きつぶしてしまったのだ。

窓の外は夕闇だ。何時だかよくわからないけれど、そろそろ夕飯の支度にかかってもいい時間なんじゃないだろうか？　だから起こしたほうがやっぱりいいんだろうな……

なにせ俺は何も作れない。家事全般がとても苦手だ。特に苦手なのは、整理整頓と掃除なのだが……

けれど、今日は自分でなんとかしてみよう。

俺はそう思い立ち、キッチンへ行った。

「あ、忍坊ちゃん。夕飯なら今作っていますよ」

キッチンには我が家の老家政婦の日野さんが立っていた。普段は明と二人で夕食を作っているのだが……

「あ、もう帰ってきていたんだ」

「はい？　今日はずっとお屋敷にいましたよ」

「えっ？　大正琴《たいしょうごと》の日じゃ……」

「昨夜言いませんでしたか？　今日のお稽古《けいこ》は休みだって」

さっと、俺の全身から血の気が引く。あの部屋の窓から庭を見た時には誰もいなかった。けれど明に夢中になっている最中は、庭なんて見なかったから……

まさか日野さんに見られていたんじゃ……

「ああ、そうそう。お二階の客間の窓拭いておきましたからね。明さん……奥様はたいそうお疲れのようですし、夕食も今夜は私一人で作りますからね」

えっ、それって……

見られた。知られた。昼間っから、あんなことやこんなことをしていたのを。それも俺が積極的に……

あー。やってしまった。

絶句して頭を抱え込んだ俺の側《そば》で、日野さんが含み笑いをこぼしていた。

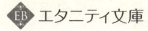

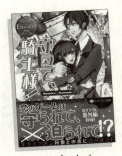

本書は、2015 年 3 月当社より単行本として刊行されたものに書き下ろしを加えて文庫化したものです。

エタニティ文庫

甘《あま》くてキケンな主従関係《しゅじゅうかんけい》

三季貴夜《みきたかや》

2017年 3月 15日初版発行

文庫編集ー西澤英美・塙綾子
発行者ー梶本雄介
発行所ー株式会社アルファポリス
〒150-6005 東京都渋谷区恵比寿4-20-3 恵比寿ｶﾞｰﾃﾞﾝﾌﾟﾚｲｽﾀﾜｰ5階
TEL 03-6277-1601（営業） 03-6277-1602（編集）
URL http://www.alphapolis.co.jp/
発売元ー株式会社星雲社
〒112-0005東京都文京区水道1-3-30
TEL 03-3868-3275
装丁イラストーちず
装丁デザインーansyyqdesign
印刷ー大日本印刷株式会社

価格はカバーに表示されてあります。
落丁乱丁の場合はアルファポリスまでご連絡ください。
送料は小社負担でお取り替えします。

ISBN978-4-434-22995-4 C0193